銀河叢書

不思議なシマ氏

小沼丹

幻戯書房

目次

剽盗と横笛　7
不思議なシマ氏　29
ドニヤ・テレサの罠　163

カラカサ異聞　187
初太郎漂流譚　213
収録作品解題　292
解説　小沼丹前期の作風について　大島一彦　306

不思議なシマ氏

本書は、『小沼丹全集』（未知谷刊、全五冊）に未収録の著者の作品の内、娯楽小説を中心に収録したものです。

各作品の表記は原則的に初出に従いましたが、著者特有の表記法に関し一部統一を行なったほか、便宜上、新漢字・新仮名遣いに改め、また、明らかな誤記や脱字などを訂正した箇所があります。

本文中、今日では不適切と思われる表現がありますが、原文が書かれた時代背景や、著者が故人である事情に鑑み、そのままとしました。

剽盗と横笛

夕暮近く、町には霧がかかっていた。遠い燈火は霧ににじんで、妙になつかしいものに見えた。私は五か月この町を見なかった。五か月ぶりに見る町は、すべてがなつかしく、また美しかった。実際は平凡な美しくもない町なのであるが。

――五か月前、私がこの町を最後に見たときには、私は暑いので上衣を脱いでいたのを憶えている。それは六月の始めであった。捕えられたとき、私は上衣を着て連れて行かれた。か、いまはもう十月も末である。霧の深い町は、冷え冷えと私を包み、冷気は暮れるに従って増していった。外套を買う金を、持たないことはなかった。が、それよりも、何か身内に温かいものを入れたかった。私は空腹であった。

私はなるべく表通りを避け、裏道を辿っていった。裏道にも、霧は流れていた。歩いているひとは尠《すく》なかった。日は次第に暮れ、闇がひろがり始めると共に、私の心には云い知れぬ興奮が湧いて来た。それが何故かは、私は知らない。が、夜の冷気と共に、私の心の裡にも、理由のない冷気がしのび込んで来た。

理由のない冷気——それは一種の悪寒であった。いや、理由がないことはない。私は理由を知っていた。否、知りすぎていた。それは二つの眼であった。冷やかに、私に注がれた二つの眼を、私は決して忘れないだろう。そして、私はその眼の持主の男を、心から憎む。

私は一軒の酒店の扉を開くと、這入っていった。明かるい店のなかには、幸福な顔をした男たちが、盃を傾け談笑しあっていた。が、扉を開いて這入った私を見ると、彼らの顔から、急に幸福の色が消えていった。私は、小声で、私の事が呟かれるのを耳にした。空いた席はひとつしかなかった。私がそこに腰かけようとすると、突然、背後の席にいた男が立ち上った。

——おい。

彼は大きな男であった。私は、黙って彼を見つめた。

——お前は大沢殺しでとっつかまった野郎じゃねえか。

——そうだ、そうだ。

合槌《あいづち》の声が幾つかきこえた。

——だから、何だい？

私は反抗する口調になった。

――だから？　だから良くねえんだ。俺たちはまともな人間だ。俺たちと一緒に酒をのもうなんて図図しすぎるぜ。

少くの同意の声が耳に這入った。

――おい、亭主。

大男は奥に呼びかけた。出てくる肥った亭主を見ながら、私は挑戦的に云った。

――俺は無罪だ。釈放されたんだ。

――なに？　シャクホウだっ？　チェッ。釈放されようがされまいが、同じことよ。おい、亭主、俺たちはこんな野郎と一緒にのまなきゃいけねえのかね？

亭主は、私を見ると裁判長のように云った。

――出て行けよ。野郎。厚顔《あつかま》しすぎらあ。

私は四囲を見まわした。それから、這入って来たときと同じく、扉に手をかけた。大男は私の背中からこう浴びせかけた。

――無事に出られてありがてえと思えよ。

私は黙って扉を閉めた。と、鋭い冷気が私の骨まで突刺した。もう、すっかり暗かった。私は、町で何か胃に入れようとすることは断念した。そして、いくつかの道を辿って、次第に人家の尠い道の方へと歩いていった。

丘を登るにつれ、霧は次第に晴れ、頂上近くまで行ったときには、霧は殆んどなかった。空には、蒼白い月がかかっていた。振返ると眼下の町の上には、月の光を吸い込んだ霧が、屍衣《しい》のように垂れこめているのが見えた。その丘を下って四里ほど行ったところに、隣の町があった。私はそんなに遠くまで行く気はなかった。私が立っている道を歩いて行った一里ばかり先の十字路で、都の宝石商が殺されたのである。私はそんな事件のあった場所に近づく気は全くなかった。

丘の上は寒い風が吹いて、私は震えた。が、どう云うものか、私の心の悪寒の方が、余計いけなかった。二つの眼の持主に対する憎悪が増した。五か月ののち、私は再びこの町を見た。もし、その男がいなかったなら、私は再びこの町を見ることはなかったろう。私が無罪を宣告されたのは、すべてその男のおかげである。私は、彼のように熱心な、また優れた弁護士を知らない。

しかし、私が無罪の宣告をうけ、私自身、思わず仆《たお》れそうになり、やっと自分をとりもどしたとき、彼は冷やかな表情のまま、判事の方を見つめていた。私の無罪を喜ぶような気配は微塵もなかった。そのためにこそ、彼は活躍した筈なのに。私が見ているのを知ってか知らずか、彼はちょっと私の方を向くと、軽く点頭《うなず》いた。が、すぐまた視線をそらしてしまった。その一瞬の彼の眼差しは私の心臓にヒヤリと迫る匕首《あいくち》に似ていた。そして、その一瞥以後、私はその男に対し地獄のように激しい憎悪を抱くようになった。

もし、彼がいなかったら、私はおそらく、いまごろ、死刑囚監房に眠っていることであろう。私は再び自由を得た。にも拘らず、私は弁護士を憎む。全身をもって憎む。

丘の中腹辺まで疎らに散在していた住宅も、頂上をすぎると殆どなかった。が、カラタチの垣にかこまれた、白く塗った洋風の家が一軒ポツンとあった。それはおそらく、町のつづきの最後の家だろう。それは道から、十米ばかり這入ったところにあった。そこに誰が住んでいるか、私は知らなかった。また、誰が住んでいたと云う記憶もなかった。が、その夜は、荒廃したようなその家に灯影が見えた。そして、歩いて行く私の耳には、フルウトの音色が流れて来た。

私はちょっと立ちどまった。それから、その家の扉口めがけて進んでいった。一晩、どこかの片隅で、泊めて貰えるかもしれない。いやそれより空腹の私に、残飯ぐらい恵んでくれぬものでもあるまい。私は扉口に立つと、礼儀正しく、扉を叩いた。そして耳をすませた。が、何の返事もなかった。

私の耳に這入るのは、陰気なフルウトの奏でる曲ばかりであった。吹いている男は、上手ではなかった。否、たとえいくらかうまく吹けると仮定しても、何か思い出している人間だと思われた。曲は、調子が突然狂って、何遍も同じところを繰返す。が、演奏者は根気強く、二秒と途切れることなく吹きつづけていた。他には何の物音もきこえなかった。

窓掛けごしに見える灯影は、妙に愉し気なものであった。が、全部は判らなかった。二度、三度と叩いても同じ結果なので、私は家の裏手の方にまわって見た。長いこと手入れせぬと見えて、雑草が丈高く生い茂り、窓掛けごしの灯の光に、荒れ果てた庭が仄かに浮かび上がっていた。

フルウトは、二階で演奏されていた。雑草を押しわけたり、庭を歩いたりする気配にも、この演奏者は何ら注意をひかれないらしかった。そこで私は一塊の土をつかむと、窓めがけて投げつけた。ガラスが鳴ると同時に、フルウトもちょっとやんだ。が、窓が開くのを待っている私にはおかまいなく、再びフルウトは奏でられた。

私は再び、玄関に戻ると、強く扉をうちながら叫んだ。

——おい、出てこい。用があるんだ。

が、誰も出て来なかった。私は今迄保っていた礼儀を捨てることにし、把手を握ると、扉を押してみた。意外にも、それは簡単に開いた。同時に私は勢いあまって、靴のまま踏み込んだ。灯に映し出された板張りの床の部屋は、泥や塵に汚れていた。真中にある大きな机と二脚の椅子と、片隅にある空っぽの書棚と——いや、そこには一冊だけ本があった——そして机の上には、飯盒《はんごう》と——そのなかには半分ほど飯が残っていた——ドロドロのスウプのよ

郵便はがき

料金受取人払郵便

神田局承認

4741

差出有効期間
平成32年５月
６日まで

101-8791

514

千代田区神田小川町3－12
岩崎ビル２F

幻《げん》戯《き》書房

愛読者カード係　行

書籍ご注文欄

お支払いは、本といっしょに郵便振替用紙を同封致しますので、最寄りの郵便局で本の到着後一週間以内にお支払いくださるようお願い致します。（送料はお客様ご負担となります）※電話番号は必ずご記入ください。

書名	定価　　　円	冊
書名	定価　　　円	冊
お名前　　　　TEL.		
〒　　－ ご住所		

愛読者カード

●お買い上げの書名をご記入下さい。

●お名前	●ご職業	●年齢	男 女

●ご住所

〒　　　　　　　　TEL

●お買い上げ書店名

区・市・町　　　　　　書店

●本書をお買い上げになったきっかけ

1.新聞（書評/広告）　新聞名（　　　　　　　　）
2.雑誌（書評/広告）　雑誌名（　　　　　　　　）
3.店頭で見て
4.小社の刊行案内
5.その他（　　　　　　　　）

●本書について、また今後の出版についてのご意見・ご要望をお書き下さい。

幻戯書房営業部　TEL 03-5283-3934

うなものの入ったアルミニウムの小鍋と、焼肉の残りの入った皿があった。食べ終って始末もせずに放っておいたものらしかった。

私は机に向かって腰かけると、その残物を遠慮なく食べ出した。が、ふと気になって、書棚のたった一冊の本をとって見た。それは弁護士の名簿であった。

――ふん、こいつは妙だ。

と私は考えた。私はその本の埃を叩き落すと、食べながら頁をくっていった。が、急に、一つの眼が私にありありと甦った。私は奇妙な恐怖を覚えた。そこで用心のために、匕首を皿の傍に出してのせた。それから、本を力一杯床に叩きつけると、ゆっくり食事をした。空腹のためもあったかもしれないが、私はそのときほどうまい食事をした覚えはない。そのあいだも、階上のフルウトはあきることなく、つぎつぎと吹き鳴らされていた。多く、私の知らぬ曲であった。が、なかには、名前は知らぬが、曲だけ馴染深いものもあった。私はそれを聞きつつ、残物をすっかり平げた。

私は美味い晩飯をすました。私は呟いた。

――まだ、三つ望みがある。第一は、飲物が欲しい。第二に寝床だ。第三に、この御馳走をくれた主人に礼をいわねばならん。家宅侵入罪で、新しい生活をおっぱじめる気は全くないからな。

私は立ち上ると、匕首を用心深く鞘に収め、洋服の内かくしにしまった。危かしい階段を通って、フルウトの方へと上っていった。私の足音は、階段に途方もない大きな音を立て、家中に鳴り渡り、私は吃驚《びっくり》した。が、フルウトの演奏者には、これも問題にならぬらしかった。フルウトはそのとき、何か物悲しい曲を奏でていた。その沈んだ調子は、死人を泣かせることも出来そうに思われるぐらいであった。そしてその音色は、私が階段の上に立ち、力強く扉を叩く瞬間まで、つづいていたのである。

演奏がやんだ。

——這入りたまえ。

快活な声で云った。が、その声を聞くと、私は躊躇した。愉快ではなかった。晩飯の満足が一遍に消し飛んで行く気がした。私は扉を開いた。そして、そこに坐っている、彼を見出したのである。

そこに坐っていたのは、彼であった。私の首を助けてくれた男、有能なる弁護士、そして、私の最も憎む男が、暖炉の前に心地良さそうに坐り、膝にフルウトをのせ、傍の小卓の上にウイスキイの瓶とグラスをのせている。彼は私を見つめた。私が、彼を殺すことが出来ると云うのを承知しているらしい表情すら見せて。

——やあ、君か。這入りたまえ。

彼は全然驚いた風もなく云った。私は、しかし、まだ躊躇していた。

――そんなところに立っていられると、風通しが良すぎるんだ。這入って、火の前に来て坐ったらどうだい。机の上に酒がある。棚にグラスがあるぜ。

これも殺風景な部屋であった。私は硝子張りの棚からグラスを出すと、布のすり切れた安楽椅子を火の前に運び、ウイスキイを一杯つぐと一気に飲み干した。それは飛切上等のウイスキイらしかった。私はもう一杯つぐと啜りながら、私の相手を見つめた。火の前にありながら、私の悪寒は去らなかった。

彼はフルウトをとりあげると、考え深そうに、深い音色を吹き鳴らした。彼は、小柄な、しかしがっしりした体格の持主であった。血色のいい顔と、太い眉と、フルウトを吹くときの他は、への字型の口をもっている。なぜ、彼がこんなところに、今時分いるのだろうか。が、こんな疑問や驚きは口に出す前に、激しい憎悪に溶け入ってしまった。彼は何事も承知している、と云った様子をしていた。私は、彼を殺さねばならない、と思った。それには、早ければ早いほどいい。

――僕はまさか、君とは思わなかったよ。

彼は云った。私はブツブツ口のなかで何か呟いた。

――しかし、フルウトによく注意さえすりゃ何か事が起るっていうのは判る筈なんだ。

フルウトと俺は今夜、調子があわなかった。俺が秘密を吹き込もうとすると、いやがるんだ。こいつはいろんな奇妙な事実を吹き込まれて知ってるんだよ。もっとも、根は生意気なフルウトだがね。そこで今夜、俺はこいつにある話を吹き込んでみたが、どうやら、その話が、これから始まる事件のきっかけになりやせんかと心配になるね。

——ふん。どうやら罰当たりの商売を知りすぎてるよ。

私はうめいた。彼は、鋭く私を一瞥すると立ち上り、口笛を吹きながら棚からパイプをとると煙草をつめた。そして、私に紙巻煙草をとってよこした。

——これから始まる事件か……。

彼は静かにくりかえすと椅子に凭れて、パイプを吹かし出した。

——俺たち、と云うのは俺とフルウトだが、俺たちにとっちゃいい議論の題目だったよ。が、それで俺の得たものは最悪の結果らしいな。ところで、自由を得て新しく出直す君は、いま何をしようと思ってるんだね？

私は深く煙草を吸い込んだ。五か月、煙草に遠ざかっていた私には、強すぎた。が、私は、自分の今後の行動を明確に眼前に描き出すことが出来た。

——まず、まっさきにやることかい？

私は訊いた。

――さよう。まっさきにね。何よりもまず、君の新生活の方向を決定する第一歩さ。

――よかろう。じゃ云おう。

私は大いに落付いてそう云うと、彼の目を見つめた。

――いいかね。まっさきにやる第一歩は、お前を殺すことだ。

――ふん、成程。

私は興奮するが、彼は眉一つ動かさなかった。

――そう思ったよ。君が部屋へ這入って来たとき、すぐ気がついた。ところで、お次は何だね？

――お次？　そいつは、そのあとで考えることよ。時間はたっぷりあるからね。

私は彼を見つめて答えた。一撃の下に彼の心臓を貫く用意はしていたが、実を云うと、彼が大いに怒って、私の血を湧き立たせてくれるのを望んでいたのである。

――失敬だが。

彼は相変らず冷やかに云った。

――そいつは利口なやり方じゃないね。考えてみたまえ。第一にだね、君は新生活の方向を決めたことになるが、その方向はいい結果に出会《でく》わされないと思うね。第二に、俺が思うには、君は心が動揺して、お次の立派なことを考えられんと思うがね。

　そう云いながら、彼の眼には揶揄するような、しかし冷やかな色がひらめいた。彼は云い終るとくっくっ笑った。いま云った言葉を再び口にのせて小声で呟き、まるで美酒ででもあるかのように、味わっているらしかった。私は匕首の柄を握りしめ、彼が再び何か云い出すのを待った。彼は、くっくっ笑うと、長いことパイプをふかしていた。が、突然口を切った。

　——ところで、仰せの通り、俺は商売を知りすぎてるかもしれん。話そうかね？

　——……早くやるんならな。

　——よかろう。ちょいと、酒をとって頂けないものかね。いや、有難う。俺は知りすぎてるかもしれん。もしかすると、君以上に知っているかもしれんね。宝石商の大沢の事件を考えよう。彼は夜、タクシイにのって、隣町へ行こうとする。奴は金をもっている。それ以上に、莫大な値打のある宝石をもっている。その用件でこっそり都からやってきたわけだ。タクシイの運転手は坂本一郎と云って素行はよくない男だ。さて、相手は着いたのに、大沢が来ないので問い合せの電報が本店へ飛ぶ。が、その前に、通行人が十字路の傍の茂みに突っ込んだままのタクシイと、路上に死んでいる大沢を発見する。大沢の心臓には匕首が突刺さったままになっている。ところが、金と宝石と、運転手坂本はどこにも見当らない。匕首は坂本のものだと判明する。殺された男については、これ以上云うまい。さて、三日経って、君が捕えられる。君、吉田五郎、通称イタチの五郎がね。君は坂本の友人で、日頃から怪しい奴と思われている。大金をもっているし、その夜、十字路付近を歩いていた、と云うことが判る。どうだね、俺の話はまちがっちゃいないね？

私はうなずいた。彼は静かにウイスキイを啜るとつづけた。

——さて、そこで弁護する側から云おう。第一に、坂本一郎は殺人を犯し宝石をもって逐電した。第二に、君の身体のどこからも、宝石は出なかった。第三に、有力な奴は、宝石商の心臓に刺さっていたのが、坂本の匕首だと云うことだ。たいしたことはないが、第三の奴はともかく有力なもんだよ。

——それで？

私は、先を促した。

——それで？　それでだね、事件の核心を突くため、事実を知るためにはだ、まことに御手数だが、ちょいとあの隅っこに眼を向けて頂けませんでしょうかね。

——ふん、鶴嘴とシャベルしか見えないね。

——ほほう、まことに結構。鶴嘴とシャベルしか見えない、とね。よろしい。じゃ、事実を簡単に云おう——坂本一郎は宝石商を殺した。そして、君、イタチの五郎が、坂本一郎を殺した。それからあとは、仰せの通り、鶴嘴とシャベルだけ、さ。

こう云うと、弁護士はフルウトをとりあげ、静かに吹き鳴らし始めた。それは依然として憂鬱なメロディであった。

——お前は……奴を掘り出したのか？

私の声は嗄れていた。私は死ぬほど寒かった。そのくせ、私の額からは大粒の汗の玉が滴り落ちるのが判った。

——何だって？　裁判の前にかね。え、忠告するがね、君はもっと法律に対する礼儀と、弁護士の良心に敬意を払うべきだね。君には頗る見事な犯罪の才能があるが、そう云うものが足りなすぎるよ。

私はここで初めて、彼の血色のいい顔に、憤怒に似た表情が現れたのを認めた。

——ところで、俺は知りすぎているか、全然知らぬかのどちらかだが……君は仲仲利口だよ、俺を殺したがるからね。が、殺したがるほど、俺が知ってるのは明白と云うわけさ。そこでもうひとつ先の問題だが、君が俺を殺さずにすますとしたらどうだろう、それほど俺が知ってるとしたらどうだろう。いいかね。今夜、いまから三十分内に、俺が君に五万円の財産を握らせてやるとしたら、どうだい、満足かい？　そいつを決めるのは君だがね。

彼は私を見つめた。

私は云った。

——おいおい。揶揄《からか》うのはよしてくれ。生命が助かるなんて夢にも考えちゃいけないぜ。

――誤解してるね。俺はただ、契約を提案してるだけさ。俺は逃げようなんて思っちゃいない。君が財産を手に入れるまではね。また手に入れ損ねたら、よろしい、そのときは、坂本　郎をやっつけた見事な手並で俺の心臓をさしてくれ。俺は抵抗せんよ。しかしだ、三十分以内にうまくいったとしたら、俺の生命を助けるって約束するんだ。まあ、冷静に判断してみたまえ。この契約で、俺と君のどっちが割がいいと云えば、どうだい、むろん、君の方だと白状せざるを得んね。

私はちょっと考えた。

――よし、やってみるか。が、万一お前がへまをやらかすと……。

――判ってるよ。

彼はフルウトを分解し、上衣のポケットにしまい込んだ。私は匕首を、内かくしにしまい込んだ。彼は立ち上ると、ウイスキイを飲み干して云った。

――あの鶴嘴とシャベルをかついで来てくれないかね?

私は黙ってとりあげた。彼は帽子をかぶると、ちょっと見まわした。そして、私のグラスをとると、暖炉に叩きつけて粉々にしてしまった。それから、灯を消すと先に立って、ギシギシの階段を降っていった。私は彼のすぐ背後から離れぬようについて、道具をもって従った。そのとき、私は幾分か彼の首筋に匕首を打ち込みたい衝動を覚えた。私は今迄より更に激しく彼を憎悪した。

階下へ降ったとき、彼は机の上を見やると云った。

――ふふん、幸先がいいっていうわけだね。え？　茲《ここ》を売られるまでには、まだ十二か月はあるよ、俺が保証してやる。

私は答えなかった。私たちは肩を並べて歩いていった。月は高かった。そして隣町へ行く道は白くリボンのように浮び上っていた。寒い風が吹いていた。私たちは、口をきかなかった。ただ、彼はときおり、静かに口笛を吹き鳴らした。

白状すると、十字路に近づくにつれ、私は云いようのない不安と恐怖を覚え、そこを駈け抜けてしまいたい気持にかられた。しかし、弁護士は、ある地点に立ちどまった。私は、背筋を走り抜ける氷のような戦慄を覚えた。彼は注意をひくかのように指を立てた。それは彼が法廷で判事に対して行った得意のゼスチュアであった。

――ここが宝石商人の仆れていた場所だ。これから十五米ばかり離れたところに、もうひとつ血溜りがあった。しかし、宝石商は実に見事に心臓を貫かれていたから、むろん、死んだものと考えていい。じゃないかね？　ところが、誰もその血溜りを宝石商のものじゃない、と疑うものはなかったんだ。莫迦な奴らさ。

それから急に彼は道を離れて、左手の雑草の茂った野へ踏み込んで行った。私は彼が逃げ出すのかと思った。が、そうではなかった。私は彼の目的地を知っていた。彼は凹凸の多い草地を巧みに敏捷に進んで行った。私はときおりよろめいた。そうやって五百米ぐらい進んだころ、左手の谷間に面した荒れた墓地があった。殆ど草におおわれ、石塔の多くは風化し、崩れたり崩れかけたりしていた。墓地の四囲から、谷間にかけて、疎らな樹立が立ち並んでいた。私は、下方の小川にきらめき散る月光を眺めた。

私の相手は墓場へ這入ると、つかつかとある地点――それは墓場の左手の片隅であった――に歩いていった。そして、静かに地上を調べていたが、やがて云った。

――ここを掘ってくれ。

――この下に何があるか、俺もお前もよく知っている。とすりゃ、わざわざ掘ることもあるまいが……。

――いや、俺はそれを疑わしいと思ってるんだ。掘った方がいいね。

それからもう十何年か経ったいま、私はこれを書きながら、まだ、そのときの戦慄が甦るのを覚えるのである。

しかし当時、私はその下に何があるか承知しつつも、掘りつづけぬわけにはいかなかった。私の秘密を暴いた男は、樹立の根元に腰を下し、静かに口笛を吹き鳴らしながら私の仕事を眺めていた。口笛と共に、下の小川のせせらぎの音がきこえた。そして月光は疎らな梢ごしに、私の四囲に光を落としていた。そして、私は私の心から憎む男の注視の裡に、腐爛しつくした仲間の残骸を掘り出した。五か月前、私が殺して埋めた男を。

私は自分を呪わずにはいられなかった。私は、仲間の身体に宝石を発見出来なかった。ととすれば、現場以外のどこに在ると云うのだろう。私はそれを探し出すつもりでいた。が、それより先に、殺して埋めた奴を掘り出さねばならぬとは。いるうちに、突然、凹みに月光が宿って煌くのを見出した。——しかし、私は土をとり除いて身を伏せた。私は、思わず歓喜に喘ぎつつ

そこには、煌く光がのびたりちぢんだりしながら美しい眩ゆいばかりの——紫の、緑の、紅の——失われた宝石類が、坂本一郎の骨の間に眺められたのである。私が、宝石を摑んだとき、月光がさえぎられて黒い影が落ちた。私は振仰いだ。私の相手も、私を見降して立っていた。手にフルウトをもって。

——どうだい？　どうやら、俺は知りすぎていたらしいな。契約に御満足かね？

私は黙って彼を見ていた。

——君は、奴さんがそいつを嚥み込んだのに気がつかなかったんだね。あまり、利口とは云えんね。ところで、お互いに、今後二度と会わん方がいいと思うんで、俺は君にお別れしよう。サヨナラを云っとこう。むろん、君はこの町から遠く離れた方がいいね。だが、その

前に、君にひとこと云っときたいことがあるんだ。と云うのは、今夜、俺は君のおかげで、助かった。危うく犯す筈だった犯罪を君は未然に防いでくれた。君は俺が、鶴嘴やシャベルを何故用意しておいたか、判るだろうね。よかろう。実を云うと、正直のところ俺は宝石に慾気が起きたんだ。君がやって来たときは丁度、俺はその問題についてフルウトと相談していんところだった。全くの話が俺は……。

——もし、お前がわけまえが欲しいって云うんだったら……。

私は云った。が、彼は腹立たし気に遮った。

——口のきき方を考えろよ。俺を侮辱するって云う気じゃないだろうな。え？　わけまえなんて真平さ。その反対さ。俺は君がうまいときに姿を現わして、フルウトの忠告を応援してくれたことに感謝してるんだ。さて、お別れしようぜ。二時間前には、俺は立派な犯罪人になる途中にあったんだが、おかげで、ならずにすんだ。君とフルウトのおかげでね。それじつまり、俺は依然として単なる一人の弁護士にすぎんよ。じゃ。

そう云い終ると、彼はくるりと向きをかえ、雑草の茂った原を横切って上っていった。私はその黒い後姿を見送った。その姿は、瞬間小高い地平線上に浮かび、そして消えてしまった。

しかしながら、私は暫くのあいだ、遠くにきこえる、彼のフルウトの音色に耳をすませていた。その音色は莫迦に爽快らしい、また明るく美しいものであった。そして、私の心に、激しい感動を覚えさせるものであった。

不思議なシマ氏

1

最初に、僕がシマ氏と知り合いになった経緯を記しておくことにする。もう五、六年前のことになるかもしれない。

その五、六年前の春の一日、僕は賑やかな往来を歩いていた。黄昏どきで、風が頬に気持よい。昔の白雄と云う俳人の句に、確か「人恋し灯ともし頃を桜散る」とか云うのがある。毎年、春の日暮どきになるとこの句を想い出す。春の夕刻のある情緒を見事に捉えていると感心している。

ところで、何やら人恋しいような、それにお酒も恋しいような気持になって歩いていたら、多分僕の気持が神様に通じたのかもしれない。一人の若い美人が僕を見てニッコリ笑ったのである。しかし、僕はものの分別を弁えた人間であるから、一緒になってニッコリ笑うような軽率な真似はやらなかった。徐《おもむ》ろに、相手の女性を眺めてその微笑の意味を理解しようとした。すると、若い洋装の美人は、驚いたことに僕の腕に片手をかけてこう云った。

——まあ、ずいぶん暫くぶりね。

——……？

むろん、僕は吃驚《びっくり》した。と云うのは、僕にはその美人に前にお眼にかかった記憶なぞ、全然なかったからである。しかし、僕の記憶と云う奴も、実はあまり信頼がおけない。いつだったかバスに乗っていたら、頭のうすくなった一人の紳士が僕を見てニヤリと笑って会釈した。仕方がないから僕もちょいと会釈したけれども、誰だか一向に想い出せない。きっと、そそっかしい爺さんで誰かと間違えて会釈したのだろう、と思っていた。ところが、翌日になって家を出たら、隣りの家の主人が庭で体操しているのが見えた。その主人を見た途端、僕はがっかりした。バスの紳士に他ならなかったから。

こんな前例があるから、お眼にかかった記憶がないとは云え全然知らん顔をするわけにも参らない。誰方《どなた》でしたっけ？　と訊くのも失礼かと思っていると、彼女は僕の腕に手をかけたまま歩き出した。従って僕も一緒に並んで歩く恰好になった。

——ほんと、もう六年ぶりぐらいかしら？

と、彼女は勝手なことを云う。

——いいえ、七年になるかしら？　やっぱり前のところにいらっしゃるの？

——いいえ、と僕は云った。三年前に引っ越してね……。

――あら、そうだったの……。でも、前のあの辺は良かったわね。

僕が前にいたところは街のなかの汚いアパアトで、良かったとはお世辞にも云えない。ここで、どうやら僕にも彼女が人違いしているとの確信が持てた。そこで、はっきり人違いですよ、と教えてやろうかと考えた。が、すぐ考え直した。どうせ、僕はどこかの酒場に這入るつもりにしている。折角神様が僕にさし向けて下さった美人を追っぱらっては神様に申訳がない。美人と一緒にお酒を飲むのも、また悪くない、と。そこで僕はちょいと咳払いして美人に、どこかその近所の店にお尻を落ちつけないか、と申し出た。

――いいわ、と美人は即座に承知した。

三分ばかり歩いて、僕らは一軒の酒場に這入った。そこは地下室になっていて、狭い階段を降りて行くようになっている。ところが、階段を降りかけた彼女は――僕は彼女の後から降りて行ったのだが――振返るとこう云った。

――あら、あたし、電話かけるの忘れてたわ。

――電話なら、この店にある。

――でも、と彼女は口ごもった。みんなに聞かれると……。

――成程、と僕はもの判りのいい人間らしく鷹揚に頷いてみせた。じゃ、出て左に行くとすぐのところに公衆電話があるよ。

――ちょっとかけて来ますわ、と彼女は云った。御免なさい。すぐ戻りますから、待っててね。

彼女は僕の傍をすり抜けるとき――もう一度申し上げるが階段は狭いのである――僕の顔のすぐ近くでニッコリ笑った。今度は僕もニッコリ笑った。それから、酒場の椅子に坐って徐ろに煙草に火をつけた。ビイルを注文して、美人には失礼だが、お先に一杯飲み干した。二杯目も飲み干した。三杯目を――飲み干したとき、階段を一人の男が降りて来た。

美人ではないから、僕はがっかりした。

――女の電話って長いからな。

そんなことを考えていたら、降りて来た男が僕の前に坐ったから僕はひどく面喰った。

――そこは来るんですがね。

――判ってます。

と、その男はいやに落ちつき払って云った。美人のためのコップが置いてあるから、判る筈である。それなら、何故坐ったのか？

――実は、とその男が云った。これは貴方のものじゃないかと思いましてね。

僕は吃驚仰天した。その男が、これは、と差し出したのが僕の財布と瓜二つだったから。

僕は大急ぎで上衣のポケットに手を入れた。

――ない。

――どうです。やっぱり貴方のでしょう？　どうも春先は気が浮き浮きしますからね。

――一体……？

僕はその財布を受けとると、一体どう云うわけでその男の手に僕の財布が渡ったのか訊いてみた。むろん、念のために、なかを覗いてみたが中味は元のままであった。

――このコップで私が一杯頂いてよろしいでしょうか？

と、男は云った。僕は事の意外に驚いてこの恩人に――恩人には違いない――礼を述べるのを忘れていたのを想い出した。そこで、早速、礼を云って男のコップに新しいビイルを注いでやった。僕は最初、男を警察の人間かしらん、と考えた。が、この考えはすぐに捨てざるを得なかった。

男は五十恰好で、黒いベレエ帽を被っていた。粗いチェックの上衣にダブダブのズボンをつけて茶色い靴を穿いていた。それは何れも上等の代物らしかった。が、同時に、ひどく古ぼけていた。しかも、手には古い洋傘を持っていた。そして、何か云うとき、男の前の歯が一本欠けているのが判った。僕の考え方からすると、前歯の欠けた警官とか刑事なんて到底考えられない。

――一体、何者だろう？

僕にはどうも見当がつかなかった。

男の話を聞いて、僕は大いに閉口しないわけには行かなかった。と云うのは、僕はどうやらたいへんお芽出たい人間になってしまったからである。

——小生が、と男が云った。さきほど街を歩いておりますと、トンビを見かけました。

——トンビですって？

——さよう、そう呼んでいます。トンビは空をのんびり舞っているように見えるが、実は油揚をさらって行くのでしてね。今宵は一体、どんな間抜けが……。

と、ここで男はちょいと言葉を切ると咳払いして僕の顔を見た。

——いや、決して貴方のことを云っているんじゃありません。つまり、どんな殿方が彼女の昔馴染に間違えられるかと面白く拝見しておりますとなかなか御立派な若い紳士がやって参りました。

どうやら、その立派な若い紳士と云うのは僕のことらしかった。しかし、さしあたってのところ沈黙を守るのが最も賢明であると考えた。

——それから二人は仲良く腕を組んで一軒の酒場に這入った。ところが、女はすぐ出て来ました。そこで小生はこう考えました。今宵の殿方はまことにゆったりとした天真爛漫の方らしい。そのため、トンビも意外に早いところ油揚を頂戴出来たらしい。小生はそう考えましたな。

僕は聞いていて一向に嬉しくなかった。ゆったりとした天真爛漫の人間、と云うのはつまり間抜けの大莫迦野郎と同じことである。

——小生はあのトンビに好意を持っております。何しろ、美人だ。

その通りだ、と相槌を打とうと思ったが、癪《しゃく》にさわるから僕は見合わせることにした。

——しかし、小生はこうも考えました。どうもトンビの今宵のやり口は面白くない。これがいかがわしい旅館辺りから出て来たのなら、小生もニヤニヤ笑って、後に残された殿方の周章狼狽する恰好を想像して立ち去りましょう。しかし、今宵のトンビの行動は頂けません。あれは正当の勝負とは云えない。

僕には、その男の云うことが良く判らなかった。他人の財布を頂くのに、正当も正当でないもあるわけがない。

——そこで、小生はトンビを捕まえて申しました。おい、その油揚は此方へ頂いておこう。あの人は小生の親友だからな。そう云って財布をとり戻すと、御覧の通り、貴方の前に現われて、こうしてビイルを頂戴している。ざっと、そんなわけです。

僕は改めて、それはどうも、と礼を云ったけれども、正直のところ、面白くないこと夥しかった。分別を弁えた、もの判りのいい筈の僕が、何故そんな目に会ったのか自分でもさっぱり判らなかった。

しかし、十分も経つと逆に何だかたいへん愉快になって来たから不思議であった。むろん、肝腎の財布が戻らなかったら、愉快になる筈はない。僕は暫くの間は間抜けの大莫迦野郎のままでいなければならない。しかし、間抜けの大莫迦野郎と云うのは、ひとつの状態であって、お金があれば金持であり、なければ貧乏と云う状態にあるのと同じことである。財布が戻った以上は、僕は例のトンビとやら云う美人に会う以前の状態に戻ったことになる。つまり白雄の句なんて思い浮かべていい気持になっていた状態であって、そのときは何やら人が恋しい、お酒が恋しい気持であった。幸いにして眼の前にはビイルがあり、美人でないのは残念だが、一人の男がいる。多分、少し酔って来たからだろう、そう考えて僕は愉快になったらしい。

それにしても、と僕は考えた。眼の前にいるこの男は何者なのだろう？

——失礼ですが、と僕は訊ねた。貴方はどうして、トンビとかって云う女を御存知なんですか？

——さあ、と男は首を傾げた。どうして知っているのか、あんまり古いことなんで想い出せません。

——……？

——そうそう、小生は独断で彼女に貴方が小生の親友であると伝えました。

——光栄の至りです。

——どういたしまして。ついては、このつぎトンビにお会いの節は親友らしい顔をしていて下さい。小生、シマと申します。

ここで男は——シマ氏は立ち上ると叮嚀にお辞儀をした。そこで僕もお尻を浮かせてお辞儀をすると自己紹介をした。

——僕はナカと申します。

僕らはそれから一時間ばかりビイルを飲んだり話したりした。飲んだり、と云ってもシマ氏はそう強い方ではないらしかった。話しているとき、シマ氏は僕にどこに住んでいるか訊かれた。僕が名刺を渡すとシマ氏は云った。

——ははあ、あの辺は昔とすっかり変りました。

今度は僕がシマ氏にどの辺に住んでいるか訊ねた。すると、シマ氏は些《いささ》か面喰ったような顔をした。

——どの辺にしましょうか？

——何ですって？

——いや、実は近い裡に引越そうと考えているのです。このごろは簡単に家が見つからないので閉口します。何しろ、去年は小生、五回引越しました。

——趣味ですか？

——とんでもない、とシマ氏は浮かぬ顔をした。曰く云いがたい理由がありましてね。貴方は奥さんがありますか？

——いいえ。

——賢明です。

僕はその店を出たら、シマ氏と別れるつもりでいた。ところが、狭い階段を上って表へ出たら、いつのまにか雨が降り出していたのには驚いた。シマ氏は大きな古ぼけた洋傘を開くと僕に入るようにすすめた。

——用意がいいんですね。

——小生、いつもこれを携行します。

シマ氏の傘に入れて貰ったために、僕はシマ氏の歩いて行く方向に随《つ》いて行かぬわけには行かなかった。すると、シマ氏は一軒の小さなバアの前で立ちどまった。

——折角ですから、ここに這入ってみましょう。

——知ってる店ですか？

シマ氏は返事の替りに傘を畳んで、傘の先で扉を開いた。すると、なかにいた女の一人がシマ氏を認めて笑った。

——あら、パラソル先生、暫くね。

僕は呆気にとられた。が、パラソル先生と云う妙な名前で、どうやらシマ氏は通っているらしかった。僕らは高い止まり木にお尻をのせた。

——この方は、とシマ氏は僕を女に紹介した。小生の極く親しい友だちでシマナカさんって云うんだ。

——シマナカさん？

——そうだよ、と僕はシマ氏の紹介に敢て異議を唱える気はなかった。

ところが、ビイルを一本と空けない裡だったろう。マダムらしい女が、シマ氏に低声で云った。

——ね、パラソル先生、あたし、さっき通りで会いましたよ、チッペさんに。

——何だって、とシマ氏は急いで立ち上った。何故、それを早く云わないんだい。

——でも、大丈夫よ。冗談よ。

——何が大丈夫なもんか。

シマ氏は僕を見ると早口で云った。

——たいへん失礼ですが、急用が出来ましたのでお先に失礼します。もし、小生に御用の節はこの店に連絡して下さい。

そして、そのまま慌しく出て行ってしまった。僕はポカンとした。女の一人がマダムに云った。

——黙ってりゃ良かったんですよ。でも、本当にお会いになったんでしょう?

——冗談なのよ。あのパラソル先生ったら……冗談も云えやしない。

僕は後学のために、チッペさんとは何者か訊いてみた。ところが呆れたことに、マダムも女もよく知らないらしかった。ただ、シマ氏と因縁浅からざる女性らしいことだけは判った。何でも、いつだったかシマ氏がその店にいるとき、そのチッペなる女性が這入って来て、シマ氏のネクタイを摑んで引っぱりまわしたり、引掻いたり、たいへんな乱暴に及んだことがあるらしい。

——奥さんかい?

——それが、そうでもないらしいんですよ。パラソル先生の話って、ちっとも判らないわ。

——何故、チッペって云うんだい?

——ほら、何とか云ったじゃないの。イギリスの、じゃなかったロオマだったかしら?

偉い学者の奥さんで……。

どうやら、ソクラテス先生のかの有名な細君クサンチッペを指すらしかった。

——あら、シマナカさんはパラソル先生の親しいお知り合いなんでしょう？　御存知なかったんですの？

僕はシマ氏についていろいろ訊いてみたい気がしていた。が、そう云われると、訊くわけにも行かぬ気がした。何だかぼろが出そうな気もするから、早いところ三十六計を極め込むことにした。僕が勘定をしようとすると、マダムは断乎として受けつけなかった。

——パラソル先生はお金持ですもの。ほんとにあとで叱られますから。

外に出ると、雨はまだ降っていた。僕は雨のなかを歩きながら、シマ氏のことを考えてみた。が、考えてもさっぱり判らなかった。どこに住んでいるのか、何をしているのか、それすら判らない。しかも、トンビなんて妙な美人と知り合いかと思うと、チッペとか云う女性の名前を聞いただけで戦戦兢兢としている。さっぱり判らない。

僕がシマ氏と知り合いになったのは、以上申し上げたような次第であるが、実のところ、シマ氏は所詮は春宵のひとときの行きずりの知己にすぎない筈の人である。むろん、トンビから財布をとり戻してくれた恩人には違いないが、そのまま次第に僕の脳裏からうすれて行く筈の人であった。

ところが、事実はそうならなかった。と云うのは、それから一週間ばかり経ったある日、シマ氏から電報が来たのである。

——モンパリニテアイタシシマ。

と云う文面である。電報には面喰ったけれども、ともかく行って見ることにした。何日の何時とも書いてないが、夕方行けばよろしかろう、と行ってみた。尤も、モン・パリと云うのもよく判らなかった。が、連絡はこの店にしてくれと云ったバアだろうと見当をつけた。しかし、扉の上にモン・パリと云う横文字を見たときは、パリもずいぶん落ちぶれたものだ、と云う気がした。扉を開くと、客は一人もいなかった。一人も——しかし、一人だけいた。が、その客はカウンタアのなかに這入ってシェイカアを振っているシマ氏であった。女は一人もいなかった。

——やあ、電報なんか出して失礼しました。

とシマ氏が云った。

——誰もいないんですか？

——僕に留守番を云いつけて買物に行きました。さあ、どうぞ、このカクテルを……。

——これは何ですか？

——さあ、いろいろ混ぜてみましたからね、どんな味がするかためしてみて下さい。

——遠慮しましょう。

——じゃ、小生が試みましょう。成程、こいつはあまり頂けません。

グラスをおいたシマ氏は上衣のポケットから無造作に札束を出した。

——これは貴方の分です。とっておいて下さい。

シマ氏を相手にすると、矢鱈に驚くことが多い。このときも、僕は吃驚した。何を云っているのか、見当がつかなかった。僕の驚いている顔を見ると、シマ氏は笑った。前歯が一本ないから甚だ愛嬌があった。

——先日、貴方は小生に金を寄越しました。とシマ氏は云った。小生は黙って頂戴しました。何故、辞退しなかったか、それにはわけがあります。

事実、僕はシマ氏が財布をとり戻してくれたとき、幾許かのお金をお礼として渡した。これは当然のことである。が、このとき、シマ氏はいとも簡単にそのお金をポケットにしまい込んで、世間一般でやるような辞退する恰好すらも示さなかった。

——あのお金を小生は極めて有効に用いました。その結果、相当額の金にふくれ上りました。ここにあるのはその二分の一です。二分の一は小生が頂きました。さあ、早くしまって下さい。

——それは頂けませんね、と僕は云った。話が少しおかしいですよ。僕は……。

——小生は黙って貴方の出したお金をポケットに入れました。だから、貴方も黙ってポケットに入れればよろしいのです。小生は別に錬金術師ではありません。が、お金をふやす方法は知っています。成功するときもあれば失敗することもある。今度は大成功でした。

——どうしたんですか？

——競馬ですよ。

シマ氏は云った。が、僕には本当か嘘か判らなかった。すると、シマ氏は素早くカウンタア越しに僕のポケットに札束を入れると、片眼を閉じて笑った。

——トンビにさらわれちゃいけません。

僕はポケットの上から厚い札束を押えながら前歯の一本欠けたシマ氏の顔を見ていた。何とも、奇妙な気持であった。

2

ポケットにお金が沢山這入っているのは、悪くない。ポケットに札束があるとなると、人間は歩き方まで違ってくる。普段はうつむき加減にこせこせ歩いている人間も、胸を張って、近頃の大臣みたいな恰好で歩くかもしれない。情ない話であるが、僕も——まさか、そっくり返りはしなかったが何だかたいへん鷹揚な気持になって夕暮の町に出た。

実を云うとシマ氏と一緒にどこかで乾杯してもよかったけれども、シマ氏が用事があると云うので止むを得ず、モン・パリを一人で出た。尤も、あとに残ったシマ氏はベレエ帽を被った頭を傾げて、あっちこっちの洋酒の瓶をとり出したり元に戻したりして、一向に用事がありらしくも見えなかった。

——シマ氏って、何者だろう？

本来なら、よく判らぬシマ氏からよく判らぬお金なぞ貰ったのだから、当然、へんな気持になるところであった。が、シマ氏には妙なところがあって、五分も経たぬ裡に不思議とも思わなくなってしまう。

そこでのんびり街を歩いて行くと、知り合いのケンにあった。ケンは昼間はある小さな会社に勤めていて、夜は某私立大学に通っている。至極温和《おとな》しくて真面目な青年である。

——おい。

ケンは僕に気づくと立ち停まった。

——散歩ですか？

——一緒に来いよ。金が這入ったんだ。

——今日は駄目です。

——ははあ、これから学校かい？

僕はケンの持っている鞄を見ながらそう云った。

――いいえ、これからHまで行くんです。

――Hまで？

僕は些か面喰った。Hは東京に近い温泉地である。すると、ケンの奴は恋人と遠出をしようと云うのか？　ところが、そうではなかった。何か別な用事があって行くらしかった。

――どうも、僕にもよく判らないんです。

――何が？

――つまり、何故行くのか……。

時間もあまりないらしいので、僕らは駅までぶらぶら歩きながら話をした。何でも、ケンの社長の別荘とかがHにあって、社長はこの二日ばかりそこに行っている。その社長から電話がかかってこの日来るようにと云って来たと云うのである。来れば判ると云う話らしかった。

僕らは駅で別れた。別れるとき、僕は訊いた。

――いつ、帰るんだい？

――さあ、一晩泊まって明日になるんでしょうね。

――じゃ、僕は明日の晩、ヤスベイにいるからね。よかったら来いよ。

ケンと別れると、僕は一軒のバアに行った。僕がケンと知り合いになったのは、このバア

——プラアグである。ケンはそこのバアテンの一人であった。そのころ、ケンは昼間は会社に勤め、夜はプラアグで働いていた。

——何故、ここで働いてるんだい？

——……。

ケンは最初は笑って答えなかった。が、暫くして大学に行く学資を貯めるために働いているのだ、と白状した。詳しく話すと長くなるから簡単に云うと、ケンはそれまである大学に通っていた。が、二年のときに、彼の父が自殺した。謎の自殺であった。そのため、学費がなくなって、大学を止めて現在の会社に勤めるようになった。その社長と云うのが、ケンの父と極く親しい友人だったので特別に好意を示してくれたのである。のみならず、この社長はケンが学資稼ぎにバアで働いているのを知ると、学資を出してやると云い出した。ケンは辞退した。が、社長は熱心に援助を申し出るし、気になるなら、あとでゆっくり返済して貰おう、と云う。ケンも無下に断り切れなかった。むろん、ケンにしても、その方が早く大学に行けるし身体も楽である。そこで社長の好意を有難く受けることにした。

以上の話は、ケンがそのバアを止める晩に、ケンから聞いたのである。

——そりゃ、良かったね。

――ええ。

気の毒なことに、ケンの母は夫が自殺するとまもなく、病気になって死んだらしい。ケンには兄弟がない。僕がケンについて知っていることは、ざっとこんなところである。

バア・プラアグはまだ開いたばかりで客は一人もいなかった。顔馴染のバアテンが一人、スタンドの上を拭いたり、棚の上を整頓したりしていた。

――いま、ケンに会ったよ。

――そうですか、とバアテンが云った。こないだ、映画館で奴さんに会いました。これと一緒でした。

と、彼は小指を立てて見せた。

――ふうん。

――愉しそうでしたよ。

――ふうん。どんな女だい？

――相当の美人でね。何でも同じ会社のタイピストと云う話ですよ。

ケンに恋人がいるらしいのは知っていた。が、詳しいことは何も知らなかった。同じ会社のタイピストと云うのも初めて聞いたのである。僕はハイボオルを三杯ばかり飲み、店を出た。もう。すっかり夜になっていた。僕は、ネオンの灯った街をぶらぶら歩いて行った。

――……？

僕は吃驚した。もう一軒どこかで飲んでやろうと思って歩いていた僕は、一人の女性を見たのである。見た途端に、僕の足が動かなくなった。

――トンビ。

間違いなく、それはトンビであった。大きな買物包みを抱えて、一軒の靴屋のショウ・ウィンドウを覗き込んでいた。

――さて、と僕は考えた。買物包みかなんか抱えてすましているが、お前の正体はちゃんと知っているんだぞ。先日は面白い目に会わせてくれた。おかげで、シマ氏なんていう人物と知り合いになれた。その御礼はいわなくちゃなるまい。

そこで、僕はちょいとネクタイを直して、トンビの傍に歩み寄った。僕が歩み寄ったとき、トンビは靴を見るのは止めたらしく、ショウ・ウィンドウの前を離れようとした。その結果、僕ら二人は正面から向かい合った。僕は彼女の腕前は知っている。大きな買物包みを抱えていても油断はならない。だから、ポケットの札束を片手で押えていた。

――……？

僕は驚いた。

相手は僕の顔を見た。が、それだけであった。あら、とも、まあ、おなつかしい、ともいわなかった。いや、ニッコリと笑いさえしなかった。全く無関心の態で、僕の存在を無視して歩き出そうとした。

——その根性はよくないぞ、と僕は思った。今更、知らばっくれようとしたってそうは問屋が卸さない。そっちが知らん顔をするのはそっちの勝手だ。しかし、ものには順序と云うものがある。こっちは、その順序に従って挨拶をするんだからな。

と云うわけで、僕は出来るだけ柔和な微笑を——苦笑にならぬように苦心しながら——浮かべて声をかけた。

——やあ。

僕は再び驚いた。トンビの奴は、眼を丸くして僕の顔を見た。まるで、初めて僕に会ったかのように。それは洵《まこと》に真に迫っていて、僕は彼女が役者になっても相当の演技がやれるような気がした。

——先日は……、と僕はつづけた。おかげで面白い経験をしました。ちょっと、御礼が云いたかったんでね。

——あのう……、とトンビが云った。失礼ですが、お人違いじゃございません。

そう来なくちゃ面白くない。僕は彼女の演技を愉しみながら云った。

——いやいや、そう遠慮しなくてもいいでしょう。シマさんにみんな聞きました。あのひとは僕の親友でしてね。

――シマさん？　さあ、存じませんわ。

――そうですか。先方は貴女のことをよく知ってましたよ。不思議だなあ。

――ほんとに不思議ですわ、あなたのような図図しい男がいるなんて……。

と云うと、彼女は僕を置き去りにしてたちまち行ってしまった。僕が呆気にとられたのは申すまでもない。僕のような、ものの分別を弁えた紳士を摑まえて図図しいとは何事であるか。僕は大いに腹を立てた。もし、見ず知らずの女性に話しかけたのであったとしたら、むろん、僕も「図図しい」と云う形容詞を甘んじて受けもしよう。前に、外国の小噺の一節で、われわれ男性の祖先であるアダムについてこんな定義を下しているのを読んだ記憶がある。

「アダムとは、『失礼ですが、前にどこかでお眼にかかったんじゃなかったでしょうか？』と云う文句を用いることの出来なかった唯一匹の狼である」

云うまでもなく、アダム君はこの地上に現われた最初の男性であって、最初の女性のイヴ嬢は彼の肋骨をとって神様がつくったことになっている。だから、アダムがイヴに向って「前にどこかでお眼にかかった……」なんて云えないのは当り前である。ただ、この小噺で気に喰わないのは、「唯一匹の狼」と云う点である。これは換言すると、近頃流行した「男はみんな狼よ」と云う唄の文句と同じことになる。僕は決して狼ではない。而《しか》るに、トンビの奴は全く知らん顔をすることによって、恰かも僕が狼であるような錯覚を僕に覚えさせた。僕が立腹したのは当然のことである。

——ちぇっ、と僕は舌打した。あいつ、図図しいにも程がある。

僕はその夜、大いに酔っぱらった。

翌朝——と云っても昼近くだったろう、眼をさました僕は頭がひどく痛いのに気がついた。宿酔と云う奴らしかった。が、痛む頭で昨夜のことを想い出そうとしていた僕は、自分がどうもあまり馴染のないところに寝ているのに気がついた。

——はてな？

夢でも見ているのかしらん？　と半ば身を起して、今度は跳び上らんばかりに驚いた。僕の隣りにもう一つ寝床が敷いてあって、そこに誰か寝ているのである。誰か——それは此方に背を向けているので顔は見えないが、髪の恰好からして疑いもなく女であった。僕には何が何やら、さっぱり見当がつかなかった。どこをどう飲み歩いて、こんなところに落ちついたのか、一向に記憶がなかった。

僕は起き上ると、窓のカアテンを引いた。樹立をあしらった庭が下に見えた。庭には池もあって石の燈籠なんか見える。

僕は吃驚して振返った。

——あら、起きたの？

と云う声がしたから。振返った僕は、正直のところ、茫然自失の態だったと云ってよい。寝床から、僕の方を向いている顔は紛れもなく、トンビのものだった。

——君は……。

——そう、あたしよ。

彼女はけろりとしてそう云った。それから、枕元の煙草をとると火を点けて烟を器用に吐き出した。

——いやに落ちつき払ってやがるな。

と、僕は面白くなかった。

——ずいぶん、酔っぱらってたわね。

——うん、そうらしいんだが、生憎《あいにく》、憶えてないんだ。

——運よくあたしが見つけたからよかったけど、そうでなかったら、どうなってたか判んないわよ。

——何が……。

——ポケットのお金だって……。

——何だって？

——大丈夫、ちゃんと這入ってます。ずいぶん持ってんのね。

——茲《ここ》はどこだい？

——旅館よ。決まってるじゃないの。

何が決まってるのかよく判らないが、そう云われるとそんな気がした。僕は窓に凭《もた》れて坐って考えた。が、頭が痛いばかりで、何も判らなかった。トンビの話だと、何でも僕はひどく酔っぱらって——トンビの莫迦野郎、とか云いながら夜更けの街を歩いていたのだそうである。トンビ、と云うのが気になったから見ると、僕だと判ったので茲につれて来たと云う話であった。何やら、訳の判らぬことを冗冗と云って手を焼いた、と彼女はこぼした。敗軍の将は兵を語らず、と云う。僕は黙って聞いていた。

——あんた、シマさんの親友なんですってね。こないだは、知らないで、失礼しちゃって御免なさい。茲へつれて来てあげたのも、お詫びのつもりよ。

——君は、と僕は訊いた。何て名前なんだい？

——名前？　そんなもの、どうだっていいじゃないの。シマさんは、トンビって呼んでるわ。

このとき、突然、僕は想い出した。

――昨夜、何故知らん顔をしたんだい？

――まだ酔っぱらってんの？　ゆうべも、百遍ぐらい、そんなこと云ってたわよ。靴屋の店の前で、どうのこうのって……。

――……？

――あたしぐでんぐでんに酔っぱらったあんたに会うまで、ゆうべは一度もあんたと会ってなくってよ。

――会ってない？　変だな。

僕には不可解極まる話である。すると、僕が靴屋のショウ・ウィンドウの前で会った女は誰なのか？　僕にはトンビとしか思えないが、他ならぬ当人が否定するとなると、誰か別の女なのだろうか？　別の女なら、見ず知らずの僕から話しかけられたら、「図図しい男」とテっても別に不思議ではない。しかし、そんなによく似た二人の女があるものだろうか。

しかし、こんなことは彼女には一向に重要な関心事ではないらしく、彼女は、寝床を二つしるように云ったら女中がどうしても納得しようとしなかった、と面白そうに話していた。

些か気がかりだったから、僕は訊いてみた。

――そのとき、僕は何て云った？

——あんた？　あんたなんて、この部屋に這入った途端に引っくり返って鼾をかいてたわ。洋服脱がせるのに一苦労だったわ。

何だか、僕のいいところはひとつもないらしかった。

僕らはやがてその旅館を出た。出るときは何だか恥ずかしくて閉口した。が、トンビの奴は鼻唄なんか歌っていて、平然たるものであった。

——君は、いやに落ちついてるね。慣れっこになってるからかい？

彼女は返事の替りに、僕の腕をキュッと抓った。僕らは車で都心に出ると、一軒のレストランで食事した。と云っても、僕は一向に食慾はなかったから、彼女の旺盛な食慾に驚きながらビイルを少し飲んだ。それから、近くの映画館に這入った。どんな映画をやっていたか、残念ながら憶えていない。と云うのは、高い料金を出して指定席に坐った途端、僕は睡くなったからである。

——……？

トンビにつつかれて眼を醒ましたら、もう映画は終っていた。

——面白かったかい？

——恥ずかしかったわ。

——何故？

――だって、あんた、駻かくんですもの。

外へ出ると、まだ明るかった。彼女は一軒の貴金属商のショウ・ウィンドウを熱心に覗き込んだ。僕もつられて覗き込んだ。すると、彼女が低声で云った。

――ほら、いま通りすぎる灰色の服を着た若い男がいるでしょう？　振返っちゃ駄目、このウィンドウに映ってるのよ。

――うん。
二十六、七才の男が灰色の服に灰色の靴を穿いて、手に汚い革の鞄をもっていた。
――あいつ、知ってるわ。

――ふうん。さては、あいつの油揚げをさらったって云うわけか？

――へんなこと云わないでよ。あいつ、悪い奴なのよ。

トンビが「悪い奴」なんて云うのを聞くと何だか滑稽な気がした。尤も、こうやってつきあってみると、トンビも最初思っていたほど「悪い奴」ではない気がしてくるから奇妙であった。灰色の服の男が見えなくなると、僕らはそのウィンドウの前を離れた。

――おかしいわ、あいつ、鞄なんか持って。

――そうかい？

――勤め人みたいな鞄じゃないの。

——持ってて悪いことはないだろう？

——そりゃそうだけど、何だかチグハグだわ。

——チグハグ？

——そう、あいつが鞄なんか持ってる筈がないんですもの。

僕にとっては、そんなことはどうでも良かった。ところで遅ればせながら、読者に僕自身の境遇を紹介しておこう。そうでないと、酒を飲んだり、旅館に泊まったり、ろくでもない奴だと誤解されると困る。僕は独身で——念のために申し添えるが、これは五、六年前の話である——お袋と二人暮しである。姉が二人いるが、二人とも嫁に行った。親爺は死んだが、医者をしていた親爺がかなり大きなアパアトを建てておいてくれたから、その収入で結構やって行けるのである。僕自身は美術学校を出て、行く行くは偉い画家になる筈であるが、目下のところ一向に偉くなれそうもない。

むろん、親爺は僕を医者にしようと思っていた。が、僕が画家になると云い出したため、親爺はひどく怒った。僕は町のなかの汚いアパアトに独り住んでいたことがあるが、それは親爺と喧嘩していたからである。親爺が死んでから、家に戻った。親爺は流石に先見の明があったらしい。僕の画なんて、そう売れぬと心得ていて、ちゃんとアパアトを遺しておいてくれた。この点は有難いと思う。

だから、トンビが、

——あんた、商売は何なの？

と訊いたとき、僕は画描きみたいなものだと答えておいた。トンビは僕の顔を見て、妙な顔をしていた。

ところで、貴金属商の店の前を離れて百米ばかり行ったところで、トンビが云った。

——ね。ドライヴしない？

——ドライヴ？

——そうよ、Hあたりまで。

——H？

H——と云われて僕は考えた。何だったろう？　Hと云うと、どこかで最近聞いたばかりの気がする。どこで、誰に聞いたのか？　考えていると、トンビが云った。

——心配しなくて大丈夫よ、あんたの持ってるお金で充分間に合ってよ。

——そうじゃない。と僕は彼女の認識不足をたしなめた。別なことを考えてるんだ。

そして、ケンを想い出した。ケンに会ったのは前日の夕方である。丸一日と経っていない。それなのに、十日も前の気がした。宿酔なんかになるとろくなことはない。同時に僕は、この日ヤスベイにいる、とケンに告げたのを想い出した。トンビとHへドライヴするのも一興である。が、ケンがヤスベイに来るかもしれないのに、知らん顔は出来ない。

——ドライヴは、今日は駄目だ。

——なあんだ、と彼女は云った。つまんないのね、あんた。あたしに思召しがあるなら、こんなときを利用しなくちゃ駄目よ。あんたがドライヴしようって云い出したって、そのとき、あたしが承知するかどうか判らないわよ。

——そいつは残念だな。しかし、今日は友だちと約束があるんだ。いま、想い出したんだ。

すると、彼女はいままで僕と一緒にいて莫迦を見たと云う顔をした。それから、バイ・バイとか云うと、さっさと歩き出したのには面喰った。僕は彼女を呼びとめた。彼女は振返って云った。

——あたしはあんたにこないだのお返しをしようと思ってたのよ。でも、あんたが断ったんだから、もう借り貸しはないのよ。

——そんなことはどうでもいいよ。

僕は彼女の論法に些か驚いて云った。

——こんど、君に会うときは、どこで会えるんだい？

——おやおや、と彼女は笑った。間の抜けた質問はするものじゃないわよ。シマさんと親友の筈じゃなかったの？

そう云うと、クルリと向うを向いて歩き出した。僕は彼女のその後姿を暫く見送った。多分、ポカンとしていたのだろう。空にひとつ歪なアドバルンが浮かんでいて、その上の雲が淡くオレンジに色づいていた。

僕は車をとめて乗ると、ヤスベイのある方角に向って走らせた。

3

世のなかには妙な人種がいる。昼間は睡そうな顔をして矢鱈に欠伸ばかりしているから、よほど人生に退屈しているのだろう、と思っていると、町に灯が点るころになると俄然生気をとり戻す。眼のなかにランプが点ったかのように眼を輝かして夕暮の町を愉快そうに漫歩し始める。そう云う僕も、例外ではない。

昨夜、トンビと一緒に見知らぬ旅館に一泊するほど大酔に及び、その結果、宿酔に大いに閉口した筈の僕が、車をとばしてヤスベイに向かうときは、何やら口笛でも吹きたいような心境だったのである。ちょうど、町には灯が点り始め、車の窓から赤く焼けた西の空が見えた。

——ここでいい。

僕は運転手に云って、ヤスベイの手前で車を停めさせた。時刻はまだ早いから、ちょいとモン・パリを覗いてシマ氏にトンビとの経緯を報告しようと云う気になった。車が停まったのは、モン・パリのすぐ近くの通りである。

ところが、モン・パリにシマ氏はいなかった。一人の女が掃除していて、高い止り木にもう一人中年の女が坐っていた。和服を着て痩せた女である。美人と云えないこともない。店の女でないことは確かである。

——シマさんは?

掃除していた女は、僕の質問を訊くとちょいと意味あり気に笑って片眼をつむった。僕がそそっかしい男性だったら、彼女が僕に思召しがあると勘違いしたかも判らない。しかし、僕はそんな早合点をするような軽率な人間ではないから、重ねて質問した。

——シマさん、まだ来ないのかい?

——あなた!

キャッチ・ボオルをやった人なら判るだろうが、あれは一対一でボオルを投げ合うのである。その場合、相手がとんでもない球を投げて来ても、驚くことはない。しかし、全く思いがけぬ方向から、全く思いがけぬ別の球が飛んで来ればだれでも驚くのが当然である。相当の名選手と云えども、そんな球をさばくのは難しいだろう。それと同じ理屈で僕はひどく面喰った。と云うのは、止り木にお尻をのせていた中年婦人が、突如として僕に呼びかけたから。

——……？

——あなた、いま、シマって仰言いましたわね、もないものである。僕は二度繰返して云ったではないか。聾でない限り聞こえる筈である。自慢ではないが、僕の声は大きい。アパアトに住んでいたとき、歌を歌っていたら、隣りの学生に静かにしてくれと文句を云われた。そのときだって、僕は低音でひとり静かに歌っていたつもりだったのである。

——ええ。

僕はその痩せた女性に答えた。すると、彼女はハンドバッグのなかを探っていたと思うと、眼鏡を出してかけた。それから、僕を頭の天辺から足の先まで一通り眺めた。僕は何だか馬鹿にも舐められた気がして、面白くないこと夥しかった。

——あなたは、と彼女は婦人警官のように訊ねた。シマとはどう云う御関係ですの？

とう云う関係かと云われても困る。僕が何と答えたものかと迷っていると、店の女が口を出した。

——この方、パラソル先生……じゃなかった、シマさんの親友ですって。

——親友？　彼女は疑わしそうに僕を見た。ほんとですの？

——そう云うことになっています。

——そう。間違いありませんね？

僕は少しばかり不安になって来た。男にしろ女にしろ、僕はへんに切口上でものを云う人間が苦手である。それに、この痩馬のような女性は多分にヒステリイ的性格の持主らしい疑いがあった。

——それでは伺いますが、と彼女は胸をそらせて云った。いま、シマはどこに住んでいるんですの？　つまり、現住所はどこですの？

僕は些か間誤ついた。僕はシマ氏の住所を知らない。多分、このヒステリイ婆さんは、現住所を訊いて僕が本当の親友かどうか試験しているのかもしれなかった。仕方がないから、僕は正直に白状することにした。

——実は、知らないんです。シマさんと知り合いになったのも極く最近のことでしてね。何しろ……。

——胡魔化すのはお止めなさい。

と、彼女は突如として金切声で叫んだ。

——知ってるくせに、何故隠すの？　あんたもあの男とぐるになってるのね。ぐるになって、あたしをたぶらかそうとしてるんじゃないの。

——とんでもない、と僕は云った。正直に云って僕は知りませんよ。大体、隠すも何も、あなたがどう云う人なのか、僕は知らないんですからね。

と云った途端、僕は気がついた。シマ氏が戦戦兢兢としている対象、チッペとは他ならぬこの痩馬らしい、と。同時に僕の心は決まった。無用の永居は慎むべし。須《すべか》らく三十六計を極めこむにしくはない。そこで彼女が再びとんでもない金切声をあげると同時に、僕は素早くモン・パリを逃げ出した。しかし、念のために申し添えておくが、僕は義理固い人間であるから逃げ出すまえに、店の女に素早く片眼をつむって見せるのを忘れなかった。

——やれやれ。

店から二、三十米行ったところで僕は歩調をゆるめて振返ってみた。驚いたことに、モン・パリの扉口から、眼鏡をかけた彼女の顔が覗いていて、あっちこっち、見廻していた。しかし、往来は人が沢山歩いているから、近眼の彼女に見つかる心配はなかった。

ヤスベイに行くと、店はもう大分混んでいた。こんなことなら、始めからヤスベイに来ればよかった、と思いながら空いている椅子の一つに坐ったら、ヤスベイの親爺が僕に云った。

——ナカさん、さっき電話がありましたよ。

——誰から？

――ええと……。

親爺は一枚の小さな紙片をとりあげると、そこに書いてある名前を云った。ケンからであった。

――何て云ってた？

――ただ、お見えになっていらっしゃるかって訊いただけです。まだ、お見えになってないって御返事したら、またかけるとか仰言ってました。

――ふうん。

僕はお酒を飲み出した。ヤスベイには所謂、店の女はいない。みんな若い男である。些か殺風景だが、威勢はよろしい。だから、気楽に酒を飲むことが出来る。僕はお酒を飲むときはよくこの店に来る。この店の椅子に坐って賑やかな雰囲気に包まれると、その夜のコオスが自ら頭に浮かんでくるから不思議である。親爺は片方の耳が聾だと云うことになっているが、これは頗る怪しいと思っている。例えば、

――少しまけさせてやろう。

とか、

――この徳利は面白いから親爺に頼んで貰って行こう。

なんて大声で話しても親爺は知らん顔をしている。つまり聞えないのである。ところが、

いつだったか友人と二人で、

――この皿は面白いから、黙って貰って行こう。

――こっそりうまくやれよ。

と、低声で話していたら、親爺はニヤニヤ笑って、

――いけませんよ。

と云った。たいへん都合のいい聾と云うほかない。

お銚子を二本ばかり空にしたころ、僕に電話がかかって来た。

――はい、ナカです。

――ケンです。これから、行きます。

――うん。早く来いよ。

二十分ばかりしたら、ケンがやって来た。幸い隣りの椅子が空いていたから、ケンはそこに坐った。何やら、蒼い顔をしてひどく疲れているらしく元気がなかった。ケンはビイルがいいと云うので、僕もビイルに転向することにした。

――Hはどうだったい？

――ええ。

ケンはビイルを一杯キュッと飲み干した。それから、もう一杯飲み干した。僕は少しお酒

を飲んだためかもしれない。トンビとHへドライヴするのも悪くないな、なんて考えた。

——たいへんなことになりました。

と、ケンが云った。

——何だって？

——ええ、たいへんなことになりました。

——そりゃ判ったよ。何がたいへんなんだい？

——盗まれちゃったんですよ。

ケンもいい男だが、どうも話を聞いているとまだるっこくて仕方がない。

——おいおい、もう少し判りやすく話してくれよ。

——ええ、どうも……。

僕はビイルを飲みながらケンの話を聞いた。話と云うのは、次のようなものである。

ケンは昨夕、Hへ行った。前にも云ったように、Hに別荘をもつ社長に呼ばれて行ったのである。社長の別荘に行くと社長はたいへん機嫌がよかった。ジョニイ・ウォオカアなんか出して御馳走してくれた。そして、その晩は近くの旅館に泊った。

——どんな話をしたんだい？

——いいえ、その晩は何の話もなかったんです。ただ御馳走になりました。旅館も、前もって部屋がひとつとってありました。

翌朝——つまりこの日だが、社長の別荘に行くと、社長はまだ寝ていると云う。仕方がないから近くの森のなかを散歩したりして、昼近く社長のところに行くと、社長はケンに四角い包みをくれた。何か箱らしかった。厚さ五センチばかりで縦横とも三十センチばかりの包みである。厳重に包装してあった。

——これはたいへん貴重な品物なんだが、と社長はケンに云った。大事に会社へ持って帰ってくれ。会社へ持って行ったら、すぐ金庫に入れるように云ってくれ。

——なかは何ですか？

ケンは好奇心から訊いてみた。すると社長は少し不機嫌になったらしかった。

——君はただ俺の云う通りに運んでくれればいいんだ。判ったな？

——はい。

——つまり、これは大事な任務なんで、君を信用しているから頼んだんだ。

——判りました。

——頼んだぜ。俺はもう一日ゴルフをやって、明日帰る。

社長は笑った。ケンは預った荷物を鞄に入れた。古ぼけた汚い鞄である。この鞄を見たら、誰だって、そのなかに貴重品が入っているとは毛頭考えないだろう。その鞄を持っているケンを見たら、誰だって、下っ端の月給取りとしか思うまい。

ケンはその鞄を持って早速汽車に乗った。直通の電車もあるけれども、ケンの会社へ行くには汽車で帰った方が便利がいい。と云うより、社長が汽車の切符を用意しておいてくれたのである。二等の切符かと思ったら、三等だったのでケンは少しばかりがっかりした。が、がっかりしたのは早計であった。社長が金一封とやらを寄越したから。

——へえ、と僕は興味をもって訊ねた。幾ら呉れた？

——二千円でした。そして、役目を果したら、あと三千円くれると云いました。

Hまで往復して五千円なら悪くないぜ。

——僕もそう思います。

三等車は混んでいた。が、うまい具合に二つ目の駅で下車した人がいて、ケンはそのあとに坐り込むことが出来た。ケンは鞄を網棚にのせようとした。が、考え直して窓と自分の間に置いた。つまり、窓際の席に坐れたのである。

——これが失敗でした。

——何が失敗だって？

——窓際に置いたのが失敗でした。さっき、会社の人に聞いたんですが、金持はわざと汚い恰好をして汚い鞄に大金を入れているそうですね？

――必ずしもそうとは決まっていないよ。

――いや、そうですよ。僕も金持に見られたらしいんです。

――君が？

僕はケンの顔を見た。それから、そんな反問はケンに失礼であると気がついて云い直した。

――人によって解釈は自由だからね。

しかし、これは更に失礼かもしれなかった。が、ケンは僕の言葉なんて歯牙にもかけなかった。

――金持に見られたんですよ。その証拠に、鞄を盗まれました。

――ふん。

僕は黙った。鞄を盗まれた以上、ケンの主張を認めざるを得ない。しかし、どうも僕には納得が行かなかった。ケンはどう贔屓目に見ても金持には見えない。だから彼の持っている汚い鞄に貴重品が入っていると見抜くのは、相当の眼力の持主に違いない。

――君が金持に見られたと云うのは、まあ、認めることにしよう。しかし、窓と君の身体の間に置いてある鞄をどうやって盗んだんだろう？　居睡りでもしてたのかい？

――とんでもない、とケンは云った。貴重品を預って居睡りなんかしたら、僕の信用に関ります。つまり、敵はチャンスを狙っていたのです。

——チャンス？

——そうです。僕が焼売《シュウマイ》が好きなのを御存知ですか？

——失礼だが、初耳だね。

——それは残念ですね。僕は焼売が好きなんですよ。だから、Y駅を通るときはきまって焼売を買います。

このときも、ケンは焼売を買おうと思った。幸い、Y駅のプラットフォオムはケンの座席の側である。ケンはお金を手に持って、売子がやって来るのを待った。すぐ先まで来ているから、買い損ねる心配はなかった。すると、そのとき、ケンの肩を叩く者がある。振り返ると、若い男であった。ケンに焼売を買うのか？　と訊ねると、ついでに自分の分も買ってくれないかと頼んだ。前にも云ったように、車内はまだ相当混んでいた。ケンは承知した。承知して、相手の差し出すお金を受けとっているときである。大切な鞄が急に窓から外に跳び出した。むろん、ケンは吃驚した。急いで窓から顔を出すと、一人の男——後姿しか判らない——が、鞄を抱えて、すたこら逃げて行くのが見えた。

——泥棒。

ケンは怒鳴った。それから、自分もプラットフォオムに跳び出そうとした。が、生憎、車内は混んでいた。のみならず、焼売を買ってくれと頼んだ男が、自分の金を返してくれとケンを引きとめた。だから、ケンがプラットフォオムに降りたときは、泥棒の姿はどこにも見当らなかった。

ケンは、ともかく、泥棒の降りて行ったと思われる階段を降りて、改札口まで行った。あちこち見廻したが一向に判らない。外に出て交番に報告したが、これも一向に思わしくなかった。何故なら、盗まれた鞄は判っているが、中味が判らない。何しろ、社長はただ大事なものと云ったばかりで正体を教えてくれなかったのだから、ケンは閉口した。警官も些か呆れていた。

そのあとのケンの行動は冗冗と記すに及ぶまい。途方に暮れたケンは、電車に乗って会社に戻った。会社に戻ると、訳を話して直ちにHの社長の別荘に電話をかけた。電話は通じたが社長はゴルフに行って不在である。焦焦しながら待っていると、夕方になってやっと社長から連絡があった。社長はひどく立腹しているらしかった。が、明日帰るから、そのときよく話を聞くと云って電話は切れてしまった。

ケンの話を聞き終った僕は、やれやれ、と思った。

——そいつは、失敗だったな。

——ええ。きっとクビになります。

ケンは矢鱈にビイルを飲むけれども、一向に酔っぱらわないで意気銷沈の態であった。

——どうしたものでしょう?

——そいつは僕にも判らないな。何しろ、困ったね。

そのとき、誰か僕の名前を云っているのが聞えた。見ると、シマ氏が店の親爺と話していて親爺は僕の方を指して云った。

——あそこにいらっしゃいます。

シマ氏は僕の傍に来ると叮嚀にお辞儀をして云った。

——先程は失礼いたしました。

——さきほど?

——たいへんうるさい女性にからまれたそうで……。小生といたしましては、一言お詫びを申上げねばならぬと思いましてね。

——やあ、驚きましたよ。僕は失礼して逃げ出しましたが、彼女は扉口から覗いてました。

——あれは近眼がひどいのです。眼鏡をかけても二十米も離れると小生とゲイリイ・クウパアの区別がつきません。しかし、耳はたいへんよろしくて、五十米離れても小生の声を聴きわけます。三十米の距離なら、足音を聴きわけます。

——まあ、おかけ下さい。

——では、失礼して。

シマ氏は僕の隣りに坐った。ちょうど、ヤスベイは客が尠くなっていて、他に二、三組の客がいるにすぎなかった。僕はシマ氏にケンを紹介した。それから、シマ氏に昨夜のトンビとの顚末を報告した。シマ氏は古ぼけた洋傘の柄に片手をかけて、片手でビイルを飲みながら、ニヤニヤした。

――それで、目下の心境はどうですか？

――さあ、曰く云い難しでしょうか？

――成程、ともかく、彼女は美人ですからね。

――その通りです。

とはいえ、僕は何故シマ氏が急に彼女は美人だなんて云い出したのかよく判らなかった。あるいは、シマ氏の口癖かもしれない。

――Hへドライヴすると云うのは、相当の魅力じゃありませんか？

――そうかもしれません。

――何しろ、あれは義理固い女です。

僕は肯定していいのか悪いのか、よく判らなかった。それで話題を変えて訊ねた。

――僕がこの店にいるって、よく判りましたね？

――そりゃ判りますよ、何しろ、よく来るって前に教えてくれましたからね。

——そうでしたか？

——そうですよ。

僕はシマ氏にケンの苦境を話してみることにした。シマ氏に何か名案があるかもしれぬ気がしたからである。シマ氏は僕の話——適当にケンが註釈を加えたのだが——を、たいへん興味を持ったらしく聞いていた。終りまで聞くと、シマ氏は立ち上った。

——ちょっと失礼します。

立ち上ったシマ氏は電話をかけた。どこにかけたのか判らない。シマ氏が電話をかけている間、ケンが僕に低声で云った。

——あのひと、画描きさんですか？

——いや、と僕は例の痩馬を想い出して云った。ソクラテスみたいなんだ。

——へえ？

ケンは眼を丸くした。実のところ、僕にも判らないのだから仕方がない。電話から戻って来たシマ氏は、前歯の一本欠けた口を開けて笑った。

——トンビが来たいそうです。

——トンビが？

——小生、独断で来てもよろしいと許可しました。但し、トンビが来たら、どこか他の家に移動しましょう。

僕にはトンビが来るのを拒む気はない。来る者は拒まず、と偉い人も云っている。が、何故シマ氏が突然トンビを呼ぶ気になったのかよく判らなかった。

――たいへん興味のある話です。

と、シマ氏は云った。

――こんな話のときには、トンビがいる方が面白いのです。あれで、なかなか気の利いたことを云います。

驚いたことに、五分と経たぬ裡にトンビは姿を現わした。彼女が気取って入口から這入って来て僕を見て、

――あら、暫らく。

なんて云ったときは、店の親爺も相当面喰ったらしかった。何しろ、僕が女性同伴でヤスベイにやって来たことはこれまでに一度もなかったから。しかし、それよりも僕のひどく呆気にとられたことが起った。と云うのは、彼女を見た途端にケンが立ち上って、

――あ、君は……。

と云ったまま、口をポカンと開けてしまったのである。

4

ケンがトンビを見てポカンと口を開けたとき、僕の頭脳は極めて素早く廻転した。つまり、僕はこのケンもまたトンビに油揚をさらわれた被害者の一人であると突嗟に判断を下したのである。そう思って、内心ひそかにこの二人の態度を興味深く見物することにした。ところが、どうも話がおかしかった。

——……？

ケンを見たトンビは、何だか妙な顔をしたばかりで一向に悪びれたところがない。どうやら、見たところ、ケンと顔を合わせるのはこれが初めてらしく見えた。しかし、ケンの方はそうではなかった。

——君は……とケンはまだ眼を丸くしたまま云った。君がどうしてこんなところへ……？

——なあに、とトンビは云った。この人、誰なの？

茲において、僕は尠からず面喰った。僕の頭脳の素早い廻転と云う奴も一向に信用がおけなくなった。シマ氏も些か面喰ったらしく、眼をパチクリさせていた。そこで僕はまず、立ったままの二人を坐らせることにした。尤も、トンビの方は僕が云うより早く坐り込んでしまったが、ケンの方は納得の行かぬ顔をして、不承不承坐り込んだ。

——おい、この女性はね、と僕はケンに説明した。シマ氏の極く親しくしているひとで、僕も少しは知り合いなんだ。名前は……。

し云いかけて僕は、彼女の本名を知らぬのを想い出した。すると、僕の替りにケンがこう云った。

——トモコさんでしょう？

——トモコさん？

——ええ、アカギ・トモコ。

すると、トンビが頓狂な声を出して笑った。

——あら、いやだわ、あたしがアカギ・トモコだなんて。一体、そのアカギ・トモコって誰なのかしら？

——君がトモコさんじゃないんだって？

ケンは更に眼を丸くした。シマ氏は前歯の一本欠けた口を開いて云った。

——これは、小生が思いますには、どうも、貴方はこの女性を誰か別の人間、つまり、アカギ・トモコさんとやら云う女性と間違えておいでの様子ですね。

——間違えたんですって？

ケンはますます呆気にとられた顔をした。

——さよう、とシマ氏は落ちつき払って云った。そうとしか考えられませんね。

僕もシマ氏の説に賛意を表明した。同時に、僕の頭にある疑問が閃いた。前日、僕は靴屋のショウ・ウィンドウの前で、一人の女性をトンビだと思って話しかけて、たいへん味気ない気持を味わった。これは前に申し上げた通りである。そのとき僕はその女性をトンビと信じて疑わなかった。ところが、いまケンがトンビを別の女性、アカギ・トモコなる女と信じて疑わぬらしい顔をした。すると、これはアカギ・トモコと云う女性がいて、それがトンビと瓜二つと云うぐらい似ているのではなかろうか？

——ねえ、そういえば、とトンビが僕に話しかけた。あんた、ゆうべ、あたしに会ったって頻りに云ってたけど、それがこのアカギ・トモコさんかもしれないわよ。

——何ですって？　とケンが訊き始めた。ゆうべ、トモコさんに会ったんですって？

——会った、って云うより間違えて話しかけたんだ。このトンビ君だと思ってね。しかし、一体全体、そのトモコさんって云うのは何者なんだい？

ケンはすましてこう云った。

——未来の僕の妻です。

それを聞いた僕らは、みんな些かポカンとした。それから、シマ氏が徐ろに訊ねた。

——未来の妻と云うのは、つまり、現在は恋愛進行中と解釈してよろしいのですか？

——それは、そう云っても差支えありません。彼女は素晴らしい女性です。

ちぇっ、何云ってやんだい。と僕は内心呟いた。始めから、未来の妻です、なんて云う替りに恋人と云えばよろしいのである。

——君は、と僕は云った。自分の未来の妻と別の女性の区別がつかないのかい？

これにはケンも少しばかり閉口したらしかった。彼はちょいと頭を掻いて、もう一度、トンビの方を眺めた。

——あんまり、よく似ていたので……。でも、考えてみると、声が違います。トモコさんはソプラノの名歌手です。友人たちと合唱団をつくっていますが、ピカ一の歌い手です。

——へえ、とトンビが云った。そうすると、あたしはどうなるの？　声が悪いって云うわけなの？

——いや、そう云うわけじゃありませんが、僕は事実を云っただけです。

このとき、シマ氏が立ち上らなかったら、多分トンビとケンはまだ当分論争を展開していたかもしれない。が、幸いシマ氏が立ち上ってこう云った。

——話が横道にそれたようですね。この辺で会場を変更して、肝腎の問題を考えた方がいいんじゃないですか？

僕らはそれに賛成した。ケンは、シマ氏の言葉で鞄紛失事件を想い出したらしく、途端に深刻な顔をした。

僕らはヤスベイを出ると車に乗った。

——何しろ、と車のなかでシマ氏が云った。どうも今夜はこの近辺は物騒なのです。あのうるさい女性が彷徨しているらしい気配があります。暫くこの町を離れましょう。

僕にはシマ氏がチッペのことを云っていると判った。が、ケンは知らぬから、狐につままれたような顔をしていた。前の助手席に乗ったトンビは鼻唄なんか歌っていた。車は十分ばかり走ると、樹立の多い住宅地のようなところに這入り、更に二、三分すると一軒の料亭の門を這入って玄関の前に横づけになった。料亭の名は「さくら」と云うらしい。

——ああら、パラソル先生、ようこそ。

と、玄関に出た女が、シマ氏を見ると声をかけた。ここでもシマ氏はパラソル先生と呼ばれているらしかった。事実、シマ氏は下足に靴の他に洋傘も預けた。僕らは離れになっている小さな部屋に通された。前もってシマ氏が電話しておいたらしい。途中、廊下を通って来るときは、賑やかな話声だとか三味線の音だとか歌声があちこちで聞えたけれども、離れまで来ると、大分静かである。

窓をあけると芝生の植わった庭が見えた。そして、暗い夜空に星が幾つか見えた。料理と酒とビイルが運ばれて、僕らは暫く飲んだり食ったりしながら、雑談した。店の女が二人ばかり来て給仕した。窓から、気持のよい夜風が流れ込んでくる。

——ところで、と突然シマ氏が店の女に云った。君たち、ちょっと席を外してくれないかね？　大事な話があるんでね。

女が引込むと、シマ氏はケンにもう一度鞄紛失の話をするようにと云った。ケンが話し終ると、シマ氏は尤もらしい顔をして僕を見た。

——妙な話ですね。

——妙な話？

——さよう、たいへん不思議な話です。

僕にはシマ氏の云うことがよく判らなかった。ケンが社長から貴重品を預った。それを鞄に入れて汽車に乗って、うっかりしていて盗まれた。どこが妙なのだろう？

——ところで、小生、独断でトンビを呼びましたが、これには理由があります、とシマ氏が云った。小生、ヤスベイに行く前にトンビと会いました。だから、実を云うと貴方がトンビとの昨夜の経緯を話されたとき、既に小生トンビに聞いて知っておりました。

——へえ？　それなのに知らん顔をして、ニヤニヤ笑って聞いていたんですか？　人が悪いですね。

――いや、ものごとは須らく慎重を期さねばなりません。ひとつの出来事に対して、甲乙両者の云い分を聞くことは如何なる場合にも必要なことですからね。

――そうかしら?

――そうですとも、とシマ氏は云った。その結果、貴方もトンビも嘘つきでないと判明しました。二人の話はぴったり一致しました。しかし、これは余談です。ところで小生、トンビに会いましたところ、トンビが興味あることを云いました。

――興味あることですって?

僕は内心些か面喰った。僕の昨夜の行状については、僕は酔っていて何も覚えていない。僕の覚えていない「興味あること」と云ったら、どうせろくでもないことに違いない。そこで僕はトンビを睨みつけようとしたら、トンビの奴も不思議そうな顔をしていたから何だか訳が判らなくなった。

――ほら、とシマ氏がトンビに云った。いまのワダさん――ワダと云うのはケンの姓である――のお話を聞いて、想い出すことはないかい。

僕は些か早合点しすぎたらしい。「興味あること」と云うのは、僕には関係のないことらしかった。ある人の説によると、詩人と云うものは、春に夏を、夏に秋を、いや極端に云うと夏に冬を予感するものらしい。例えば夏の初めにちょっと涼しい風が吹くと、もう秋だと思ったり、ああ、冬が近いな、と考えたりするのだそうである。つまり連想が飛躍するのであろ。僕はかねがね頭の廻転が早く、その意味では詩人かと思ったこともあるけれども、こんな飛躍の仕方では失格者かもしれない。

——想い出すこと？

トンビは口をとがらせて、首をひねった。

——さっき、話したじゃないか。

シマ氏は少しばかり焦《じ》れったそうに云った。

——ああ。

突然トンビが机を叩いたので、危く盃がひっくり返りそうになった。

——鞄でしょう？　とトンビが云った。あいつが鞄持ってた話でしょう？

——誰が持っていたんですか？

ケンが急いで訊ねた。

——タダよ、悪い奴よ。

悪い奴、と聞いて僕も想い出した。トンビと二人、映画館を出てから街を歩いていたとき、トンビが一人の男を「悪い奴」だと云って、その男が鞄を持っているのはおかしい、と審《いぶ》かったことを想い出したのである。そのとき、僕は一向に気にとめなかった。いや、ケンから鞄紛失の話を聞いたときでも、全然念頭に浮かべなかった。しかしトンビが云い出したのを聞くと、成程、これは多少怪しい節があるようにも思えて来る。

——ワダさんのお話を聞いたとき、とシマ氏が云った。小生、ただちにトンビの話を想い出しましてね。そこで早速、トンビに来て貰いました。むろん、ワダさんの鞄紛失事件と、そのタダと云う男が鞄を持っていたと云う事実とは何の関係もないかもしれない。しかし、あるいは、あるかもしれない。それは判らない。しかし、ある一人の男が鞄を盗まれた。ところが同じ日に、別の普段は鞄なんかに縁のない人間が鞄を持っていると云うのは一応考えに入れておいてよいのではないか。小生、そう考えましたな。

——あいつよ、とトンビが云った。きっと、このひとの鞄とったのは、あいつに違いないわ。

——そう早合点しちゃいかん、とシマ氏は云った。ところで、ワダさん、貴方の鞄を盗んで逃げて行ったのはどんな男でしたか？

——さあ、とケンは中途半端な顔をした。何しろ、後姿しか見えなかったんで……。結局、顔や年恰好はよく判らぬが、何でも白っぽいジャンパアらしいものを着た小柄な男としか判らなかった。それもケンに自信があるわけでもないらしかった。

——それでは、貴方に焼売を買ってくれと頼んだのはどんな男でしたか？

——若い男でした。

——顔は覚えていますか？

——さあ……？

——どんな服装でしたか？

——さあ……？

僕は最初シマ氏が何故そんなことを訊くのか、よく判らなかった。が、その裡にやっと、シマ氏は鞄を抱えて逃げて行った奴と、焼売を頼んだ奴が共謀していたと云う考えを持っているらしいと気づいた。しかし、肝腎のケンは相手を一向に覚えていないらしい。何しろ、焼売を買うことしか考えていなかったのだろうから、それも無理がないと云えぬこともない。そのために、ケンを責めてはなるまい。人間の記憶なんて、そうたいしたものではないのである。例えば、賢明なる読者諸君にしても、諸君の毎日通勤する駅の壁の色を御存知だろうか？　その壁の下半分がタイル張りになっているかいないか、別の色に塗られているかどうか、御存知だろうか？　プラットフォオムの柱が何色か憶えておいでだろうか。

あるいは、諸君が往来で夕刊を買ったとして、その夕刊売りの男、もしくは女の服装を憶えているだろうか？　百人の人間を並べられて、そのなかから、

——これが私に夕刊を売った男です。

と、断言出来るだろうか？　特別の事情がない限り、先ず答は「ノオ」だろうと思うが如何であろうか？

ところで、ケンはシマ氏の質問に尠からず疑問を覚えたらしかった。

——その男は、車内にいて焼売を買ってくれと云っただけですよ。肝腎な奴は、逃げて行ったんです。

——それは判っています、とシマ氏は云った。しかし、その泥棒は何故、貴方の鞄を盗んだのでしょうか？　プラットフォオムにそった汽車の窓口は沢山あります。その沢山の窓口のなかから、何故、貴方の窓口を選んだのでしょうか？　偶然自分の前に停まった窓口だったからでしょうか？　そんな筈はない。何しろ、そこに鞄があるかどうか判らぬ筈だからです。そんな泥棒は、よほど間の抜けた奴でしょう。

——すると……？

——だから、考えられるのは、その泥棒が前から貴方の鞄を狙っていたと云うことです。つまり前から狙っていて、Y駅のプラットフォオムは貴方の窓の方だと知っていたに違いありません。

——しかし、とケンが云った。僕は偶然その席に坐れたんですが……。反対側だったらどうなりますか？

——そのときは、反対側のプラットフォオムで狙ったでしょう。つまり、別の駅で狙ったでしょう。

——別の駅では焼売は売っていませんよ、と僕は参考のために意見を述べた。焼売を売っていない駅では、ケンは鞄を大事に持っていた筈です。

——つまり、とシマ氏は些か得意そうに云った。小生がそのもう一人の男を問題にするのは実はそのためなのです。多分、その男は別の駅では何か別の方法でワダさんの注意を鞄からそらす行動に出たでしょう。もし、ワダさんが坐れなかった場合は、また別の行動に出たでしょう。ともかく、貴重品が這入った鞄を狙っていた泥棒がいて、狙った通りさらって逃げたと云うのが小生の意見です。もし、ワダさんがあくまで鞄を抱え込んで離さぬ恰好をしていたら、多分、暴力沙汰に及んだかもしれません。むろん、汽車を降りたときとか、道を歩いているときとか……。その結果、ワダさんは痣《あざ》をつくってトモコさんにひどい心配をかけたかもしれない。

——あら、その方が良かったかもしれないわよ、とトンビが云った。介抱して貰えて……。

——君も案外月並なことを云うね。とシマ氏はつまらなさそうな顔をした。ところで、小生の意見を求められましたので、以上、お答え申しました。

——でも、と僕は訊ねた。何故泥棒はケンの鞄を狙ったんですか？　そのなかに貴重品が這入っていると、判っていたとしたら何故だろう？

——ちょっと失礼。

シマ氏はコップのビイルを一息に飲み干すと、ポケットからハンカチを出して口を拭いた。

——小生が妙な話だと思ったのも、実はその点なのです。何故、知っていたか。あるいはこうも考えられます。つまり、貴重品か何か判らんが大切そうに持っているので狙った、と考えられないこともない。が、見たところ、大金持らしくもなく……。

茲でシマ氏は、咳払いした。

——たいへん、失礼いたしましたが、小生客観的な意見を述べておりますので……。大金持らしくもない若い男が汚い鞄、いや、多分そうだろうと思って云うのですが、その汚い鞄を抱えているとなるとこれを狙うのはよほど奇特な泥棒としか思えません。とすると、この泥棒二人は多分、その鞄の中味を知っていたと思われる節が多分にある。

——何故、知ってたのかしら？　とトンビが云った。わたしだって、まさかこの人が……。

トンビは云いかけて口を噤んだ。

——聞くところによると、とシマ氏は云った。ワダさんは、何故Hに呼ばれたのか、その貴重品とやらを渡されるまで知らなかった。そうでしょう？

——そうです。

——電話が会社にかかったと云うから、ワダさんが社長に呼ばれてHに行くと云うことは知っている人もいたでしょう。が、用件は本人すら知らなかった。

——判った、とトンビが云った。社長のその貴重品はその前から狙われていたのよ。だから、こっそりこの人に運んで貰おうと思ったのよ。

——どうです？　とシマ氏は僕に云った。案外気の利いたことを云うでしょう？

——成程。そうかもしれない。

と、僕も相槌を打った。すると、トンビは僕の前に空のコップを突き出して云った。

——一杯ぐらい、注いでくれたっていいんじゃない？

僕は紳士として迂闊であったことを詫びて彼女のコップにビイルを満してやった。彼女はそれを一息に飲み干したので、僕らは吃驚した。更に吃驚したことには、もう一度注いでやったところ、それも一息に飲み干してしまった。シマ氏も何だか気がかりらしい顔をした。トンビは空になったコップをコツンと机の上において僕に云った。

——ゆうべは、あたしにずいぶん世話焼かせたわね。今夜は、あたしの面倒見てね。

僕は頗る面喰った。シマ氏はニヤニヤ笑ったし、ケンは呆気にとられた顔をしていた。

——今夜はうんと酔っぱらってやろうかな。

トンビが物騒なことを平気で云うので、僕は何だか落ちつかぬ気がして来た。そのとき、シマ氏が呼鈴を押したらしく、店の女がやって来た。シマ氏は立ち上って廊下へ出ると、何か店の女と話をしたらしかった。

——さあ、もう出かけましょう、とシマ氏が云った。

——出かけましょう、とトンビが云った。それから大いに飲みましょう。

シマ氏は僕の耳許で囁いた。

——どうも失敗でした。小生、少しばかり彼女を讃めたものですから。途端に酔いを発散させたらしいのです。

——成程、と僕も低声で云った。しかし、僕は今夜は彼女とのおつき合いは御免蒙りたいですね。何しろ、疲れました。

——同感です、とシマ氏が云った。女の酔っぱらいは始末に負えません。

シマ氏がトンビをうまく説得してくれたので——つまり、僕とケンは更に相談することがあるから、先にある店に行っていて、相談の終ったころシマ氏とトンビがそこへやってくる、と云うような話をしてくれたので、僕とケンは先に「さくら」を出た。

——明日、会社へ行くんだろう?

——ええ、憂鬱です。

——ともかく、社長に会った結果如何だよ、いまは、どうしようもない。結果を教えてくれよ。また、シマ氏に相談しよう。

——そうします。

——しかし、その貴重品って何だろう？

——さあ……。

——それも社長に訊いてみるんだな。

僕らは暗い路を歩きながら、そんな話をした。ケンは鞄のこともむろん気がかりだが、恋人に似ているトンビのことも気になるらしく、頻りに「よく似てるなあ」を連発した。

十分ばかり歩くと駅に出た。そこで、僕らは別れた。トンビが酔ったおかげで、鞄についての会談も龍頭蛇尾に終った感があるが、それも仕方がない。

5

どうも思いがけぬ出来事ばかり起って、それに巻き込まれたおかげで僕はひどく疲れていた。だから、ケンのその後の成行についても、気がかりでないこともないが、僕はわが家の寝床に潜り込んで暫く休息することにした。ついでだから申し添えておくが、お袋は僕の行動にはあまり干渉しない。僕は僕の教育がよろしいのだと考えている。つまり、偉い画家になるには、須らく普通の人間とは違った生活を試みねばならぬ、と僕はお袋に話してある。お袋は、はい、はい、と云ってきいている。

しかし、ときどき妙なことを云うので閉口する。

——違った生活か何か知らないが、まだ、お前は一人前にはなれないのかい？

——何ですって？

——いいえ、何でもないけど、一人前になるのにずいぶん暇がかかるんだね。

——そりゃ、そうさ、と僕は云う。そう簡単に偉くなれませんよ。

——偉くなれなんて云ってませんよ。せめて、一人前になればね。

——ああ、と僕は嘆かわしそうに云う。燕雀《えんじやく》いづくんぞ鴻鵠《こうこく》の志を知らんや。

これを云うと、お袋は大抵諦めて黙ってしまう。意味が判らないのである。尤も、僕がこんな妙な文句を覚えたのは、美術学校時代の同級生に妙な奴がいて、酔っぱらうといつもそう云って僕を烟に巻いたからである。本人に訊くのは癪にさわるから、一生懸命、漢和辞典と相談してようやく発見した。発見してから、その意味が判って大いに憤慨したけれども、今更、文句をつけるのも変なものだと見合せたことがある。

ところで、二日ばかり僕は寝て暮した。尤も二日目はベッドのなかで翻訳の探偵小説を三冊読んだ。三日目になると、もう寝ている気もしなくなった。そこで久し振りにアトリエに這入ってみた。アトリエと云うのは、昔は親爺が診療室にしていたところを適当に改造したものである。描きかけのカンバスは沢山あるが出来上った奴はほんの少ししかない。描きかけの奴を見るが、どうも面白くない。些か憮然として自分の画を眺めていたら、お袋が這入って来た。

——電報だよ。

——ほう？

誰からかしらん、と思って見ると、シマ氏である。モン・パリに来れ、と云う電文であった。どうも僕もだらしがないと思う。その電報を見た途端、水を得た魚のように活気づいた。

——前にも電報下さった方だね？

とお袋が云った。

——そうです。

——電報なんて……人騒がせだね、電話でいいのに。

僕はシマ氏に電話番号を教えてないのを想い出した。そういえば、ケンだって僕の電話番号どころか住所も知らない。シマ氏の電報には、この前のときもそうだったが、何日の何時何分と指定してないから困る。しかし、僕は二日も寝て暮したあとだから、早速、家をとび出した。

とび出してモン・パリの近くまで行ったとき、僕は時間がまだ四時にもなっていないのに気づいた。モン・パリが開いている筈がない。とは云うものの、万一と云うことがある。念のためにモン・パリの前に行って扉を押してみた。すると、驚いたことに扉が開いた。

——やあ、来ましたね。

シマ氏が云った。

シマ氏は例のベレエ帽を被って、スタンドの上にトランプを並べていた。僕が這入って行くとシマ氏はトランプを集めて箱にしまい込んだ。その手つきは実に器用で、まるで手品のようである。

——まだ開いてないと思いましたよ。

——いや、お呼び立てしましたが、この時刻の方がよろしいのです。安全ですからね。

——僕がもっと遅く来たら、どうするのですか？

——そのときは、店の女に言づてをします。別に急ぐ用事でもないのです。

急ぎでもないのに、電報を打つとは判らない。シマ氏の趣味なのかもしれない。

——で、今度は何の話ですか？

——いや、Hへドライヴしようと思いましてね。

——Hへドライヴ？

——さよう、小生もたまには気晴しをしようと考えました。それで失礼ながら、貴方をお誘いしました。もうひとつ、失礼ながら申し上げますが、ふところの方は心配御無用です。

僕はひどく面喰った。

——いつ、行くのですか？

——いつでも、とシマ氏は落ちつき払って云った。いまからでも結構です。

——いまから？

——いけない理由がありますか？

僕は首をひねった。が、いけない理由は見つからなかった。行くことに決まると、シマ氏は棚から酒の瓶を降して何とかいう——これはシマ氏が命名したのだそうである——カクテルをつくった。そのカクテルで僕らは乾杯した。それから僕らは店を出た。どうするのかと思って見ていると、シマ氏は店の扉にちゃんと鍵をかけた。どうやら、シマ氏は店の合鍵を持っているらしかった。すると、シマ氏は僕の考えを察したらしく笑った。

——これは不思議な鍵でしてね。大抵の奴は開いてしまいます。

シマ氏は五、六個の鍵がぶら下っている束をチャラチャラと振って見せた。僕は呆気にとられる他なかった。

——トンビが行かないのは残念ですが……とシマ氏は行った。また、酔っぱらわれると困りますからね。

――そうです。

僕は相槌を打った。が、内心残念に思わぬこともなかった。僕らはシマ氏が呼んだ車に乗り込みHに向った。途中のことはくどくど述べるに及ぶまい。Hの山の中腹の温泉場の宿についたときはもう暗くなっていた。どうやら、その宿はシマ氏の馴染らしく、シマ氏は宿の番頭に、

――おや、まだ入歯なさらないんですか？

なんて云われていた。シマ氏は前歯の一本欠けた口を開けて笑った。

僕らは湯に這入り、いい気持になってお酒を飲んだ。それから、ぐっすり眠った。翌日、僕が眼を醒ましたとき、傍の寝床にシマ氏はいなかった。どこへ行ったのか？　時計を見ると十時過ぎていた。そこで僕も起きることにして、入浴して部屋に戻って煙草を喫んでいると、シマ氏が戻って来た。

――どこへ行って来ましたか？

――散歩して来ました。

僕らは遅い朝食をすませると宿を出た。僕は、当然、シマ氏が登山電車の駅の方に歩いて行くものと思っていた。ところが、シマ氏はそれと逆の方向に歩きながら云った。

——少しこの辺を歩いてみたいのですが、どうですか？

僕は反対しなかった。が、僕にはよく判らなかった。シマ氏が気晴らしにHに来るのは判る。僕を誘ったのも、まあ、判ることにしよう。一人じゃ退屈でつまらないと解釈することにする。しかし何故急にHに来る気になったのか？　車で来て一泊して帰る。それは気晴らしの小旅行としては一向に不思議でない。にも拘らず、僕にはどうも判らない気がする。シマ氏はどう云うつもりなのか？

僕らは公園に這入ってみた。噴水のある池をまわって裏手の方へ行くと、ベンチに若い女が一人坐って流行歌を歌っていた。二人とも寝巻のような着物を着ていた。と云うより、実際、寝巻だったのかもしれない。驚いたことに、シマ氏はその女たちに話しかけた。

——なかなか、うまいね。

女たちは歌い止めてシマ氏を見た。

——冷かすんじゃないよ。

と、女の一人が云った。

——うまいからうまいと云ったのだ、とシマ氏は尤もらしい顔をした。煙草を喫むかい？

——ああ。

と、もう一人が云った。二人が煙草を咥えるとシマ氏は御叮嚀に火をつけてやった。僕はポカンとして見ていた。一体、シマ氏は何を考えているのだろう？

——君たちはヤツデのひとだろう？

——お生憎さま、と女の一人——猫に似た方が云った。ヤツデじゃなくてモミヂよ。

——モミヂか？

——へえ、知ってる？

——知ってるとも、俺も二、三度行ったことがある。

女二人は顔見合わせて、本当かしら、と云う顔をした。

——こないだは、俺の知っている若い奴が二人モミヂに行ったって話してたよ。

——旦那、東京からでしょう？

——うん。俺の知っている若い奴も、二人とも東京から遊びに来てね。モミヂに行ったら美人がいたって云ってたっけが……もしかすると君たちのことかな？

——ちぇっ、おだてたって何も出さないよ。

——お客さんは一杯来るからね。誰が……。

——そうでもなさそうだが、聞いたところじゃ……。そいつら二人っきりだって云ってたぜ。二人限りだったんでもてたのかな？

女二人はどうやら、シマ氏の云う二人が気になり出したらしかった。

――じゃ、いつ来たのさ？

――そうだな、あれは五、六日前の夜かな。あいつらが来たのが……ちょっと待てよ、話を聞いたのが昨日で、その五、六日前って云ったのかな……？

――五、六日前の晩……？

――じゃ、ねえ、あのひとたちだよ。

と女二人は相談を始めた。その結果、五、六日前の晩、二人づれの若い男が来て大いに飲み且つ騒いだと云った。

――どうだ、ちょいといい男たちだったろう？

――そうね、一人の方はちょっと良かったけど……。

――うん、もう一人の方はねえ……。

――そのいい方の奴は、とシマ氏が云った。中肉中背で顔の長い奴だろう。色が浅黒くて、黒っぽい洋服着て……。

――あら、違うわよ、と猫が云った。K館の浴衣よ。

K館と云うのは旅館の名前らしかった。

――じゃ、二人ともKに泊ったのかな？

――違うわ、片っぽのひとはM館の浴衣着てたわ。

——何だ、とシマ氏は云った。あいつら、別々の宿に泊ったのか。

それから、シマ氏は更に五分ばかり女たちを相手に莫迦話をした。その間に、少しずつ僕もシマ氏が何を考えているのか判るような気がして来た。つまり、シマ氏は理由なしに女たちに話しかけたのではない、と。五分ばかり経つとシマ氏は女たちに別れを告げた。

——帰ったら、よろしく云ったたって伝えておくよ。

——また来て、って云ってよ。

——よしよし。

公園の門を出ると、僕らは樹立の多い道を辿った。

——驚きました、とシマ氏が云った。あの二人は寝巻のままでした。勇敢なる女性たちですね。

——勇敢な女性たちに話しかけたシマさんの勇敢なのに驚きました。

——これはどうも、とシマ氏はニヤニヤした。しかし、実際のところ、こうすらすら話が運ぶとは思いませんでした。

——何の話ですか?

——小生、あの二人から、あんな話が聞けるとは毛頭考えていませんでした。全く、驚きました。

シマ氏は頬っぺたをふくらませて、プウと息を吹き出した。どう云うつもりか判らないが、とにかく、一呼吸入れたと云うわけらしかった。しかし、僕にはシマ氏と女の会話がチンプンカンプンでさっぱり判らない。シマ氏の知り合いの二人の男とは誰なのか？

そのとき、シマ氏は僕の注意を一軒の家に向けさせた。それは樹立の多い庭をもつ別荘らしい家で、塀があるため、なかは見えなかった。

——これがナカムラ氏の別荘です。

——ナカムラ氏？

——御存知ない？　これは驚きました。例の社長の家です。

僕は吃驚した。同時に、このとき初めて今回のH行きとケンの鞄紛失事件と関連があるらしいと気がついた。

——どうして知っているんですか？

——そりゃ、調べましたからね。

——調べた？

——ええ、実は今朝も貴方がおやすみのうちに、大体の見当をつけた旅館にあたってみたのです。

——何をですか？

——泥棒二人組が泊まらなかったかどうかをです。

——ははあ。それで何か判りましたか？

——いや、何も判りませんでした。尤も、ワダ・ケン君は確かにK館に泊っていましたが、その夜、二人組の男が泊った旅館は一軒もありませんでした。むろん、小生の申し上げるのは小生の必要とする二人づれの男でして、五十の男と五十三の男が一緒に泊っても考慮には入れないのです。

——どうして、二人組が泊ったと考えたのですか？

——つまり、前にも申し上げたように、この連中はその貴重品を狙っていた以上、おそらく極く些細な点まで気を配っていたのだろうと思います。多分、社長の電話でワダさんがHへ呼びつけられるのも知ってたのだろうと、小生、考えました。すると、本人と同じ土地に来て本人が持ち帰るあとをつけて好機を狙うかもしれない。とすると、どこかこの辺の旅館に待機するかもしれません。何しろ、何時の汽車に乗るのか、それも判りませんからね。この土地にいて、ワダ・ケンさんの行動を監視する必要があります。

——なるほど。

——そう考えて、旅館にあたってみたが、該当者が見当らない。小生、些かがっかりいたしました。見込違いと思いました。しかし、驚きました。奴さんたちは、別別に泊っていたのです。なかなか賢明ですな。

——別別にですって？

このとき、僕はさっきシマ氏が女たちと交した会話を想い出した。一人はK館の浴衣を着て、一人はM館の浴衣を着ていた、と。

——しかし、よく判りましたね。あの女たちの店……何て云ったたっけな？

——モミヂです。しかし、あれは当てずっぽうだったのです、とシマ氏はニヤニヤした。小生、ここにヤツデとか云う酒場があるのを知っています。しかし、モミヂなんて知りません。

——知らないんですか？

——残念ながら知りません。しかし、旅館に該当者が見つからないで些か閉口していた小生は、あの二人の女を見て突嗟に考えました。どうせ、若い二人の男のことだ、もしかして、あんな女性のいる飲み屋で飲んだこともあるかもしれない、もしかして、この二人が覚えているかもしれない。小生、そう思いつきました。そこで口から出まかせを並べました。ところが、犬も歩けば棒に当ると云いますが、この場合は……。

——へえ、驚きましたね。でも、中肉中背で顔が長くて浅黒くて、洋服がどうのとか、あれも出鱈目ですか？

——いいえ、とシマ氏は笑った。これは、ある人物の提供してくれた人相書きにあてはまるのです。ある人物と云うのは女性で、彼女はもう一人のある人物と一緒に銀座かどこか歩いていて、この人相書きに相当する男を見かけました。

——鞄を持っているところをですね。

——そうです、そう来なくちゃいけません。

——じゃ、その男が犯人だと……。

——いいえ、試みに云ってみたのです。しかしあの二人の女は否定しませんでした。黒い洋服だけ否定しましたが、実を云うと、黒い服と云うのは小生の出鱈目です。しかし、正直のところ、これだけでその男を犯人と決めるわけには行きません。が、ともかく、ワダ・ケンさんが一泊した夜、二人の男も一泊したのです。飲み屋で一緒に飲み騒ぐほどの仲の二人が何故、別別に泊ったのか？　茲に小生、Ｈへドライヴに来た甲斐があったと云いたいのです。

——でも、それが肝腎の二人組かどうか判りませんね。

——そりゃそうです。しかし、ともかく怪しいと思われる人間の人相にあてはまるらしい男が来て、もう一人の男とこの地で一泊したのは事実です。だから、その怪しいと思われる人間のその夜とその翌日のアリバイ、行動を調べてみる必要が生じました。つまり、一歩前進したのです。尤も結果によっては、二歩後退となるかもしれません。

僕らは電車の駅へ出ると、電車で山を降りた。新緑が美しかった。

——Hへのドライヴが、こんな意味があるとは気がつきませんでした。

——ほう、とシマ氏は云った。小生、この話はなかなか興味がありましてね。もう少しついて見たいのです。

——ケンに会いましたか？

——いいえ、その後会っていません。

——あいつ、どうしたのかな？　帰りにヤスベイを覗いてみましょう。連絡が来ているかもしれません。

僕らは乗換えると、ノン・ストップの急行に乗った。氷を入れたコップと炭酸を貰うと、シマ氏はポケットからウイスキイの瓶をとり出した。僕らは走り去る車外の風景を眺めながら、ウイスキイを飲み、大いに愉快になった。但し、東京に這入って次第に終着駅に近づきつつあるころ、ある駅を掠めすぎるとき、シマ氏はひょいと頭を下げた。何故、そんなことをしたのか、僕には一向に判らなかったが、シマ氏はその駅が遥か後方に飛び去ると、こう云った。

——あの駅近くに、小生の苦手の女性が住んでいるのです。

——ははあ。

僕は内心滑稽でならなかった。シマ氏はつまり万一その女性に見つかりはしないかと心配で顔をかくしたのである。急行は快適な速力でたちまち僕らを終着駅のSに送り届けた。僕らは駅の改札口を出ると、まだ明るい街の雑踏のなかに這入って行った。

6

僕がケンに会ったのは、Hから戻って五日ばかり経ってからである。ヤスベイの椅子に坐ってビイルを飲んでいたら、ケンが這入って来た。実を云うと、僕はケンがクビになったものだとばかり思っていた。社長に会った結果が気にならぬこともなかったが、ケンの勤務先に電話をかけて訊くのもどうかと思って遠慮していたのである。と云うより、ケンの方から早速連絡してくるものと思っていた。ところが、Hへ行った留守中も、また帰ってからも何とも連絡がない。

——ケンの奴め、新しい仕事の口を探すのでたいへんなんだろう。

と、僕は解釈していた。

——やあ、今晩は。

僕の顔を見たケンは一向に失業者らしくなかった。笑ってそう挨拶すると僕の隣りに坐り込んだ。そこで僕はケンが意外に早く次の勤め口を見つけたらしいと考えた。

——どうした？　たいへんだったろう？

——ええ、まあ。

ケンは笑った。それから、何だか落ちつかぬらしい様子で店の表の方を気にしている。

——どうかしたのかい？

僕も店の表の方を見た。

——ええ、実は彼女が来るんです。

——彼女？

——ええ、そこまで一緒に来たんですが、彼女は買物をするからって云うんで、一足先に僕がここへ来ました。

——彼女って、と云って僕は気がついた。ああ、あの何とか云う……。

僕の「何とか云う」が気に入らなかったのだろう、ケンは憤然として、

——アカギ・トモコさんです。

と云った。未来の僕の妻です、なんて云わなかっただけ、まだ我慢出来る。

——会社の帰りに一緒に映画を観ました。

ケンは、得意そうに云った。茲において、僕はすっかり面喰わざるを得なかった。クビになった筈のケンが、会社の帰りに、と云うのはどう云うわけであろうか？　そればかりじゃない。クビになるかならぬかと云うような大失敗をやって、そのため、僕ばかりかシマ氏やトンビにまで心配をかけた筈のケンが、暢気に恋人と映画を観ているとはどう云うことなのか？

——すると……。

と僕が云いかけたとき、ケンがひょいと立ち上った。見ると、トンビがヤスベイに這入って来た。トンビが——しかし、事実はトンビではなかった。アカギ・トモコであった。

——御免なさい、と彼女はケンに云った。おそかったかしら？

——いや、そんなことはないよ、とケンは莫迦に嬉しそうな笑顔になった。買物はすんだの？

——それがいいのがないのよ、迷っちゃって。こんど一緒に見て下さらない？

——うん、そうしよう。

確かプロスペル・メリメと云う小説家だったと思うが——幸福な恋人は不幸な恋人と同じように退屈なものだ、と云っていたのを覚えている。この幸福な二人の恋人同志の会話を聞いていた僕はすっかりうんざりした。而もこの二人は、更に三分間ばかり下らぬことを話しあっし——あまり下らぬから茲には再録しないのである——僕を大いに退屈させてくれた。それからケンはやっと僕の存在を想い出したらしい。

——これがトモコさんです。こちらはナカさん。

と、僕に彼女を紹介してくれた。彼女は途端に畏まった会釈をした。が、僕の顔を見ると吃驚したらしい。あら、と云って口を押えた。僕は苦笑にならぬように微笑しながら云った。

——これで二度目ですね。

そう云ってつらつら彼女の顔を眺めたが、彼女は事実驚くばかりトンビに似ていた。うっかりすると、トンビが坐っているような錯覚にとらわれてしまう。しかし、彼女はトンビと違ってビイルを一杯しか飲まなかった。ケンは恋人が現われたので安心したらしかった。僕の質問にも漸く落ちついて答えるようになった。

ところで、意外なことにケンはクビになったのではなかったのである。読者も御承知のように「さくら」と云う料亭で僕らは意気銷沈のケンを囲んで話しあったが、その翌日、ケンは甚だ悲観的な人生観を抱いて社長に会った。ケンには、ただ社長に謝るほかどうしようもない。——お前はクビだ、ですめばまだいい方である。どんな難題を吹っかけられぬものでもない、と怖る怖る出向くと意外にも社長はこう云ったにすぎなかった。

——ヘマをやったじゃないか。以後気をつけるがいい。

——はあ。

ケンは最敬礼をした。ところが、社長は葉巻なんか吹かして黙っている。ケンは閉口した。そこで事件のあらましを社長に話して、大いに謝罪して、引責辞職するつもりだと云うと社長がケンを睨んだ。

——お前が辞めて、盗られたものが戻るか？　実を云うと、あれは重要なものなので盗まれたと判ると困るのだ。お前はこの話を誰かにしたか？

——はあ、いいえ。

ケンは突嗟に嘘をついた。尤も、会社の人間のなかには社長への連絡の都合上話したものもある。が、社長の云うのは、会社外の誰かに話したか、と云う意味であった。すると社長は、それならこの話は内密にしておいて欲しい、自分の方からいろいろ秘密裡に調査することにしてあるから、ケンはもう余計な心配はしない方がいい、いままで通り会社へ出て来て宜しい、と云うのである。ケンは呆気にとられた。クビになるどころの話ではない、思いがけぬ結構な話である。

——本当ですか？

とケンが問い返したとしても不思議ではない。むろん、社長は本当だと答えた。それから、ケンの父と自分は親しい友人だったので、友人の息子のケンの面倒を見るのは自分の務めだと思っている、ケンもそのつもりで働いて欲しいと云ってケンを感激させた。

以上のようなケンの話を聞いて、僕も呆気にとられた。ケンが暢気なのも無理はない。

――と云うわけで、とケンは云った。僕はもうこの事件には関係がないと同じことなのです。いろいろ御心配かけましたが、この事件はもう僕の手を離れてしまいました。御迷惑をおかけして申訳ありませんでした。

そう云われると、僕には何とも答えようがない。大山鳴動して鼠一匹、の感がしないでもない。僕はシマ氏とHに行った。シマ氏はHの旅館をまわったり、あちこち調べまわったりした筈だが、それは何のためだろう？　ケンのクビがつながって、事件は彼の手を離れたとなると、シマ氏の努力は全くの骨折損の草疲《くたびれ》儲けにすぎなくなる。やれやれ、と僕は溜息が出そうになった。

――どうかなさったのですか？　とケンが云った。元気がありませんよ。

――どうもしないよ。

と、僕は答えた。が、何だか急にがっかりしたのは事実である。むろん、ケンのクビがお芽出度くつながったのだから、大いに喜んで祝杯をあげて然るべきである。僕もそう思う。が、あまりにも意外な結末に落ちついたためか、頭の回転がそれに追いつけなかったのかもしれない。

この間、アカギ・トモコは黙って僕らの話を聞いていたが、突然こう云った。

——そう云えば二、三日前、ワダさん、社長室に呼ばれたでしょう。あのとき、人相の悪い男が社長室にいたけれど、あれは何ですの？

——あれは秘密探偵さ、とケンは云った。そのときの状況とか犯人の人相とかいろいろ訊かれたよ。しかし、よく覚えていないんで、困っちゃった。

——ほんとうは、とトモコが云った。あなたが鞄を盗まれたんだから、ワダさんが犯人を摑まえて鞄をとり戻すのが一番いいんだけれど……。でも危いわね。

どうやら彼女は恋人のケンを英雄に仕立てたいらしかった。ケンは何のためか、エヘンと咳払いして肩を聳やかした。

——そりゃ僕だって……、そうするのが社長の恩に報いる一番いい方法だと思うよ。しかし、社長がお前はもうこの事件には関係のないものと思ってくれって云ったんでね。

まもなく、彼女はおそくなるからと立ち上った。むろん、ケンも一緒に送って行くと立ち上った。

——今度道で会ったら、と僕はアカギ・トモコに云った。この前みたいに知らん顔はしないでしょうね？

——あら、いやですわ。

彼女はソプラノでホホホと笑った。そのとき、僕は彼女の顎の下に、ひとつ黒子《ほくろ》があるのを発見した。二人が出て行くとき、僕は想い出してケンに訊ねた。

——学校はどうしたんだい？

——今日は休みにしました。失礼します。

リンはそう云ってニヤリと笑うと、彼女のあとを追いかけて出て行った。後に一人取り残された恰好の僕は、何だかたいへんつまらなくなった。誤解されぬように——つまり、お前には女性の相手が一人もいないのか、と錯覚を起すそそっかしい読者がいると困るから念のために申し上げておくが、僕にだって相手はいないことはない。いやいないことはなかった、と過去形で書くべきだろう。

まだ学生のころ、僕は一人の若い美人が好きになった。むろん、僕は彼女と行動を共にした。——つまり一緒に映画を観たり、お茶を飲んだり、動物園に行ったり、展覧会に行ったりした。僕は僕の意志表示を行った。つまり何遍も——君が好きだと云ったのである。にも拘らず、彼女は別の男と結婚した。結婚することに決まってから、僕が彼女と最後に会ったとき、彼女は——実はあなたが好きだったのだ、と云って僕を吃驚仰天させた。おまけに、——何故私を愛していると云ってくれなかったのか、と僕を恨めしそうに見た。僕はそのときほど女と云う動物が妙ちくりんに思えたことはない。何故かと云って、現に僕は三十遍ぐらい彼女に――好きだ、と云ってあるではないか？　彼女は耳が遠かったのだろうか？　僕自身、これに似た筋書の小説を読んだことがある。小説の場合、二人の恋人は互いに魅かれながらも別れねばならぬ「運命」に悲しみながら、右と左に去って行って、読者は――小説が上出来の場合の話であるが――二人の恋人に同情して吐息を洩らすことになる。しかし、僕に云わせると、女性が結婚が決まって今迄交際していた男と別れるとき、実際は結婚しようとまでは考えていない相手でも、面と向かうと、

――何故、好きだと云ってくれなかったのか？

――何故、結婚しようと云ってくれなかったのか？

――そう云ってくれたら、私の運命も変っていたろうに……。

とか、一応エチケットとして云うんじゃないかと疑いたいのである。エチケットが失礼であるとすれば、尠くともその一瞬だけは、そんな感傷的な錯覚に陥入るのではないかと大いに邪推したくなるのである。

尤も、僕の彼女の場合は、何遍も好きと云ったではないかと彼女に反省を促したとき、彼女はこう云った。

――あら、だって、あれは冗談かと思っていたんですもの。

茲において僕は悟った。女性に向って何遍も繰返して好きだとか愛していると云うのは、

全然云わないのと同じことだ、と。そこで次の女性のとき、僕は告白すべき機会を慎重に狙うことにした。ところが慎重にすぎたのか、彼女はたいへん物足りなさそうな顔をして、僕から去ってしまった。次の女性は――いや、こんな話を繰返しても僕の面目を潰すことにしかならぬから、止めることにしよう。結論を云えば、目下僕は極めて自由な暢気な状態にある。これを換言すると、目下僕には女性の相手はいないと云うことである。

さて、一人になってしまった僕は、すぐシマ氏を想い出した。シマ氏は何やらケンのために人知れず尽力しているらしい。が、事態がかくなる上は、シマ氏の努力も無駄と云うものだろう。シマ氏に連絡しておくのが僕の当然の義務である。

僕は電話のところに行くと、モン・パリを呼び出した。多分、そこにいるだろうと思ったからである。電話口に出た女は、

――あら、パラソル先生は今夜はまだ、お見えになりませんわ。

と云った。

――これから来るかしら？

――さあ、判りませんけど、誰方ですの？

――ナカだけど……。

と云いかけて、僕はモン・パリでシマ氏が僕のことをシマナカと紹介したのを想い出して、

狼狽《あわ》てて訂正した。

——シマナカだけど……。

——ナカさん？　ああ、シマナカさん？

——うん、シマナカだけれど……。

そのとき、先方で何か異変が起ったらしかった。と云うのは、ちょっと、とか云う甲高い声がしたかと思うと受話器が誰か別の人間に手渡されたらしく、別の声が僕の耳に這入って来たのである。

——もしもし、シマナカさんですの？　暫く。

莫迦に乙にすました調子なので僕は用心した。僕は即座に、これは例のチッペに相違ないと感じたのである。電話だから、先方が幾らヒステリィを起しても当方に影響はないが、君子は危きに近寄らぬものである。そこで僕も至極温和しく適当に相槌を打って電話を切ることにした。

——暫くです、どうもその節は……。

——お元気ですの？

——ええ、おかげさまで……。

——莫迦ね、何云ってんの、寝ぼけた声で。

僕は驚いた。その声は紛れもないトンビの声であった。僕の直感がこれほど当てにならぬものだったとは意外である。僕はひどく面喰って云った。

——何だ、君か。

——何だ、君かもないもんよ。誰だと思ってたの？　猫撫で声なんか出して。大体、あんたは失礼よ。約束を破ったじゃないの。

——約束？

僕は何のことかさっぱり判らなかった。

——そうよ、あの何とか云う店に行ったって、あんた、いなかったじゃないの。

——ちょいと待てよ、一体、何の話をしてるんだい？　誰かと間違えてやしないか？

——よくも、そんな白白しいことが云えたもんね、とトンビは怒ったらしい。あんまりいい気になると……。

そのとき、誰か僕の肩を叩いた。見ると、肝腎のシマ氏であった。僕は受話器を手で蓋してシマ氏に云った。

——トンビですが、何故か怒ってるんですよ。

シマ氏は古ぼけた洋傘の柄に両手をのせて立ったまま、ニヤニヤした。

——謝っておけば間違いありません。

僕が再び受話器を耳につけると、トンビはまだ何か怒鳴っていた。オタンチンとか、馬の骨とか、わさびの効かないすしだとか、溝鼠《どぶねずみ》だとか並べ立てていたが、どうやらそのオタンチンとか溝鼠とかいうのは僕のことを指しているらしかったから、僕も尠からず感情を害した。が、シマ氏が待っているし、謝っておけば間違いないと云われたから、

——ごめん、ごめん、悪かった。

と、降伏することにした。

——今更謝ったって駄目よ、とトンビは威張った。大体、あんたは……。

——いや、うっかりしていてね。ごめん、ごめん、こんど一緒に映画でも観ないか？　さよなら。

僕は大急ぎで電話を切った。

シマ氏は僕と並んで坐った。僕はシマ氏に何故トンビが立腹しているのか判らぬと告げると、シマ氏は云った。

——何でもありません。「さくら」の帰りですよ。トンビが酔っぱらったので小生、貴方とワダさんを先に帰しました。しかし、彼女には二人は重要な相談があるから、終ったころ二人のいる店に行ってみようと話しておいたのです。

——ああ、想い出しました。それで、僕らがいる筈の店に行ったんですね。

——その通りです。小生、うっかりして貴方にそのことを話すのを忘れていました。読者は御記憶かと思うが、最初から僕とケンはどこへも行かずに帰ってしまったのだから、行ってみたっている筈はない。多分、今夜トンビは酔っぱらってそのことを持ち出したのだろう。トンビの立腹の原因が判ったので、僕は先刻ケンに聞いた話をシマ氏にとりついだ。

——成程、とシマ氏は云った。それはたいへん興味ある話です。小生といたしましては、ますます興味を覚えますな。

僕は少しばかり呆気にとられた。実を云うと、シマ氏に無駄骨を折らせたことになるので、シマ氏ががっかりするかもしれない、いや、それ以上気を悪くするかもしれぬ、と気になっていたからである。

——しかし、ケンはあの事件にはもう無関係なんですよ。

——いや、一向に構いません、とシマ氏は云った。それにしても、ナカムラなる社長はずいぶん人情味のある人物のようですね。

——ケンもたいへん喜んでいました。

——ところで、普通、貴重品が盗まれた場合、どうするでしょうか？

——警察に届けるでしょうね。

——それを届けないとすれば何故でしょう？

——ケンの話だと、盗まれたことが判ると困ると云っていました。だから、秘密裡に捜査するとか……。

シマ氏は黙って天井を仰いだ。それから、こう云った。

——もうひとつ考え方があります。例えば、鞄のなかには何も這入っていなかったとしたらどうですか？　いや、這入っていたとしても三文の値打もないガラクタだったとしたらどうでしょう？

——何ですって？

——その場合、警察に届けるでしょうか？

——それは……。

——届けないでしょう。

僕はシマ氏が何を考えているのか、さっぱり判らなかった。僕がポカンとしているのを見るとシマ氏は笑った。

——いや、こう云う仮定も成り立つと云っているのです。むろん、あくまで仮定にすぎません。

ケンの鞄のなかに貴重品が這入っていなかったとなると、どう云うことになるか？　盗んだ奴こそ、骨折損と云うものである。あの古鞄では、大抵の古道具屋も引きとるのを躊躇するだろう。ところで、這入っていなかったとなると、それは何故か？　ケンが途中で捨てるわけはない。始めから入れなかったのである。すると、社長がケンに渡したと云うのは何か？　三文の値打もないガラクタだろうか？　ガラクタを運ばせるために、わざわざケンをHへ呼び寄せることがあるだろうか？　あるとすれば、その理由は何か？　僕にはますます判らなくなって来た。しかも、ケンとアカギ・トモコの話だと、人相の悪い秘密探偵が社長室にいたと云う。そうとすると、ガラクタではなく貴重品が這入っていたのだろうか？　それとも、それは貴重品を狙う一味を探り出すための罠だったのだろうか？

すると、シマ氏は胸のポケットから、ちっぽけなカメラを取り出した。

――どうです？　よく写りますよ。

――シマさんにそんな趣味があるんですか？

――これは恐れ入りました。小生、こう見えても腕は確かです。

そう云うと、僕に向けて素早く一枚撮った。片手にかくれるぐらい小さい。シマ氏はポケットにカメラを収めると、今度は別のポケットから二枚の写真を取り出して僕に見せた。どこかの往来を一人の男が歩いている写真である。もう一枚はその顔だけ大きく引き伸してある。

――これは誰ですか？

――判りませんか？

僕は写真を見た。どこかで見たような顔の気もするがよく判らなかった。一見したところ、善良な市民ではないらしく見える若い男である。派手な柄模様のシャツを着ている。

――判りませんね。

――じゃ、その男が古鞄を持っている恰好を想像して下さい。

――何ですって？　これが……。

シマ氏は大きく頷くと写真をとりあげた。

――貴方がトンビと一緒のときに見た男です。小生、この写真を持って、もう一度Hまで行って来ました。旅館と、それからモミヂに行ってこの写真を見せました。

――驚いたな、どうも……。

――小生、この事件にたいへん興味がありましてね。旅館もモミヂもこの人物を憶えていてくれました。その点、どうもナカさんは心細いですね。

――ケンに見せるといいですよ。

――そのつもりでいました。しかし、もうどっちでも宜しいのです。それよりも、もっと早く片づけなくちゃならん問題があるのです。それには、実は貴方の手が借りたいのです。

――何ですか？

——実はこの男のつれの男が判ったのです。いろいろ手をまわして調べたところ、どうもそいつらしいと云うのが判りました。実を云うと、さっき判ったばかりです。そこでその男に会って見たいのです。住所は調べておきました。ここから近いところにあるアパアトに住んでいます。それで貴方にその男を表に呼び出して貰いたいのです。呼び出す方法は向うに着くまでに考えましょう。

——呼び出して写真を撮るのですか？

——多分、そうなります。場合によっては少し話もしたいと思います。

——何の話ですか？

シマ氏はズボンのお尻のポケットから新聞を引っ張り出した。それはその日の朝刊であった。が、その社会面のところに小さく、タダ・某なる男がオオトバイに乗ったまま、T上水にドブンと落ちて死んだと云う記事が出ていて、そこが赤鉛筆で囲んであった。新聞によると、そこは道が上水に向ってかなりの坂になっているところで、速力を出しすぎて橋に打つかって上水に落ちたものらしく、既にこれで四人目の犠牲者だと書いてあった。

何故、こんな記事を赤鉛筆で囲むのか？

——このタダ・某と云う男が、とシマ氏は立ち上りながら云った。いま、貴方にお見せした写真の主なのです。

7

僕らの訪ねるアパアトは、車に乗って五分とかからないところにあった。表通りで車を降りて横町に這入ると小さな住宅が並んでいて、その間にアパアトが三、四棟はさまっている。三つめのアパアトの前まで行くと、シマ氏は立ち停まった。横町は暗く、街燈がポッンポッンと疎らに立っているにすぎない。空を仰ぐと雲が一面におおっていて、雨になりそうな気配であった。

——M荘……と、ここらしいですね。

シマ氏はそう云うとアパアトの入口の明りで時計を見た。

——九時四十五分です。では、ひとつよろしくお願いします。

僕は些か緊張したせいか、武者震いした。僕らの計画によると、僕が先ず管理人のところに行って、タダ・某のつれの通称マンキチことサカキ・某の部屋の番号を訊ねる。それから、タダ・某のことでちょっと話があると云って表につれ出す、と云うことになっていた。

ところが、僕がアパアトの入口を這入ったところ、風呂にでも行くらしく洗面器を抱えた一人の女が出て来るのに打つかった。そこで僕は手取早く、彼女にサカキ・某の部屋を訊いてみた。最初女はよく判らないらしく、首をひねっていた。仕方がない、管理人に訊くことにしようか、と思ったとき、女が突然笑った。

——なんだ、マンさんのことじゃないの？

——そうです、マンキチ君です。

——マンキチ君だなんて……。あのひとは二階の十六号、階段上って左側の奥から二番目よ。でも、いないんじゃないかしら？

——どうも有難う。

僕は二階に上った。かなり古びた汚いアパアトであるが、昔アパアト生活をしたことのある僕にはなつかしい気がしないでもなかった。女が云った通り、十六号の部屋は灯が点いていない。僕は四、五回ノックを繰返した。が、返事はなかった。すると、隣りのドアが開いて、一人の中年男が首を出した。

——お隣りは、この四、五日留守らしいですよ。幾ら叩いたって駄目ですよ。

無駄と知りながら、僕は男にマンキチの行先を訊ねた。むろん、男は知らなかった。僕とシマ氏は、念のために管理人に会うことにした。頭の禿げた管理人は、僕らを何と思ったのか知らぬが愛想よく知っていることを話してくれた。が、実際は何も知らぬのと同じことと云ってよかった。

――マンキチは、とシマ氏が云った。ちょいちょい外泊するんですか？

――さあ、いままであんまりなかったと思いますが……。

――ふうん、何か心当りはありませんか？

――さあね。

――この男、知りませんか？

シマ氏がタダ・某の写真を取り出すと、管理人はちょっと警戒するらしい表情を浮かべた。が、写真を見ると、こう云った。

――この人なら、おととい来ましたよ。マンさん、じゃないサカキさんを訪ねて。

――何か云ってませんでしたか？

――さあ、別に。マンさんがいないって判ると不思議そうな顔をしていました。いる筈なんだがなあ、なんて云ってました。

僕らは礼を云ってアパアトを出た。小雨が降り出していた。が、シマ氏は得意の洋傘を開いて僕にさしかけながら云った。

――どうも御苦労さまでした。

――どういたしまして。しかし、どうも失敗でしたね。

――ええ、少し手遅れだったようです。

――何ですって？

僕は大いに面喰った。何が手遅れだと云うのだろう？　しかし、シマ氏はこれには説明を加えず何やら考え込んでいるらしかった。僕らは雨のなかを表通りへ出た。傘を持たぬ連中が大急ぎで歩いていたりした。僕らはちょうど来かかった一台の車をとめると、S町に逆戻りした。それから、シマ氏の提案で、バア・プラアグに行った。前にも申し上げたように、ケンがバアテンをしていたことのあるバアである。シマ氏がプラアグまで知っているとは意外であった。ばかりか、シマ氏は一人のバアテンと言葉を交した。

――いなかったよ。四、五日前からいないそうだよ。

――へえ、おかしいな、そうですか？

と、そのバアテンは云った。バアテンが向うに行くと、シマ氏は僕に云った。

――マンキチの住所を、いまのバアテンに聞いたのです。それから、タダと云う男も、もとこの店で働いていたことがあるらしい。

――ああ、オオトバイで死んだ男ですね。

――そうです。しかし、小生に云わせると、タダは用心深い男らしいから、坂の上から猛烈なスピイドで走り降りるのは不思議でなりません。

――酔っていたのでしょう？

——そうかもしれません。新聞にも酔っていたらしいと書いてある。しかし、小生の調べたところによると、タダは七時ごろ、このプラアグに現われてトマト・ジュウスを飲んで、昔のバアテン仲間に冷やかされています。そのとき彼は、これからある人に会うので酔ってはいけないのだと云ったそうです。だから、酒を飲んだとすると、その人物に会ってからと云うことになります。

——ある人って女ですか？

——さあ、それは判りません。ここのバアテンはそう思って笑ったそうです。しかし、小生は女だとは思いません。

——何故ですか？

——これは小生の推測にすぎません。しかし、タダは殺されたんじゃないかと思うのです。僕は吃驚した。シマ氏の話はときどき飛躍するから、どうも理解しにくい。

——何故、殺されたと思うんですか？

——その理由は、どうも例のワダさんが盗まれた鞄に関係があるように思えるのです。小生、朝刊を見たとき、すぐこれは殺されたと直感しました。そこでタダの相棒をつきとめることに苦心しました。ところが、その相棒も四、五日前から姿を消しています。これはどう云うことでしょうか？

――さあ、偶然そうなったんじゃないですか？

――鞄が盗まれた。それは二人組のやった仕事らしい。ところが、その二人組の一人は死亡、一人は行方不明である。これは偶然かもしれません。しかし、偶然ではないと断定も出来ません。偶然ではないとすると、この二人の謎を解く鍵は例の鞄にしかありません。鞄はどこにあるのか？　これは二人に盗まれてしまってどこにあるのか判らない。二人のどちらかに訊けば手懸りが摑める筈だが、生憎訊こうにも訊けません。

――じゃ堂堂めぐりですね。

――そうでもありません、とシマ氏はハイボオルを一口飲んだ。鞄の出所をつけばよろしい。小生、そう考えましたな。

――鞄の出所？　あれはケンの……。

――いや、鞄の中味の出所です。

――ははあ、社長のナカムラ氏ですか？

シマ氏は極めて満足らしく、片眼をつむってみせた。しかし、僕には何が何やら一向に見当がつかなかった。バアのなかは満員で、みんな陽気に喋っていて甚だ賑やかである。僕らが小さな声で話しあっても、誰も気にとめないから心配は要らない。すると、そこへトンビが這入って来たから、僕はひどく面喰った。のみならず、シマ氏がトンビを見ると腕時計を

覗いて、

――十一時半だ、正確だね。

と云ったところを見ると、来ることが判っていたらしい。が、僕には不意打だから、呆気にとられてトンビを見たら、

――こないだは、よくもすっぽかしたな。

と云って腕をキュッとつねられた。しかし、折角這入って来ても坐る席がない。いい気味だと思っていると、トンビは僕らから四つばかり先の止り木がひとつ空いているのを見つけて四人の客を順ぐりにつめさせてしまったのには全く驚いた。しかも、トンビがニッコリ笑って頼むと、四人ともいとも簡単に嬉しそうにお尻を移動させたのだから、どうも世の中には甘い男が多すぎると思う。僕は念のためにトンビの顎の下を覗いてみた。

――なあに?

トンビは訊ねた。が、僕は笑って答えなかった。アカギ・トモコにあった黒子が、トンビにはなかったのを知って満足したのである。

――出来たかい?

シマ氏がトンビに云うと、トンビはハンド・バッグから紙の袋をとり出した。なかから写真が三枚出て来た。シマ氏は黙って写真を見た。それから、僕に渡してくれた。どこか料亭

の座敷らしい。二人の男が向いあって坐っている。一人は五十年輩の肥った男、もう一人は人相の良くない四十恰好の男である。あとの二枚は、その両人をそれぞれ正面から撮った奴である。

——これは誰ですか？

——一人は、とシマ氏が云った。ナカムラ氏です。人相の良くない方が秘密探偵とかいう奴です。

——へえ、誰が撮ったんですか？

——あたしよ、うまいでしょう？

トンビが鼻の頭を押えてそう云った。

——昨夜、とシマ氏が説明した。ナカムラ氏はある料亭に一人で行きました。店の女を相手に飲んでいると、女の酔っぱらいが部屋を間違えて這入って来ました。社長は吃驚しましたな、何しろ自分の会社のタイピストで、たいへん温和しい筈の娘さんだったからです。しかし、同時に大いに歓迎もしたらしい。何しろ、それが若い美人ですからね。それから大いに飲んだらしい。若い女性は酔いつぶれて寝てしまいました。すると、十時半ごろ、その席に人相の良くない男が這入って来た。二人は店の女に席を外させました。それから、何かひそひそ話しあいました。若い女はどうしたか？　むろん、その間部屋の隅ですやすや眠っていました。二人はこの娘さんには警戒を怠ったらしい。何しろ、酔いつぶれて寝ているのですから。話は五分ぐらいですみました。それから社長は眠っているタイピストを起して、もう一度酒宴を繰返し、三人は十一時半すぎに店を出ました。人相のよろしくない方が先に帰ると、社長は妙な気分になったものと見えます。その若い女性をホテルにつれて行こうとした。ところが、ホテルの部屋に這入って着換えている隙に、若い女性は素早く姿を消してしまったと云うわけです。

——財布を持ってですか？

僕が訊ねると、トンビがシマ氏越しに僕を睨みつけた。

——殴るわよ。

——むろん、その若い女性と云うのは、ここにいる美人ですがね、とシマ氏が云った。彼女はなかなか見事にやりました。

——しかし、社長がアカギ・トモコだと思っているとすると……。

——あたし、今日、電話かけてやったの、とトンビが云った。トモコさんに迷惑がかかると気の毒だからと思ってね。社長の奴、ずいぶん面喰っていたらしいわ、タイピストはちゃんと席にいるのに別の女から、ゆうべはどうも、なんて云われるんだもの。面喰っている顔が見えるようだったわ。それで明日の夕方、デイトの約束しちゃった。

僕は呆れて黙っていた。が、思いついて訊いてみた。

――そんなに酔いつぶれていて、よく写真が撮れたね？

――酔った振りしてたのよ、眠ったのだって狸寝入りに決まっているじゃないの。

僕は面目を潰して引き退った。そう云われればその通りである。つまり彼女はシマ氏の小型カメラを持って計画的にその料亭に待機していたらしい。シマ氏は何かの情報によって、社長がその料亭に現われるのを知っていたのである。一体、シマ氏は何を考えているのだろうか？

――それで、と僕は訊ねた。トンビが狸寝入りしていた間に、二人は何を話したんだい？むろん話は聞いたんだろう？

――それがよく判んないのよ、とトンビは残念そうな顔をした。片っぽうの人相の悪い奴か低い嗄れ声で、とても聞きとりにくいんだもの。でもうまく行ったとか、万事心配ないとか、上水とかオオトバイとか、途切れ途切れに判った程度だけど……。

シマ氏が眼顔で僕に頷いて見せた。少しは判ったか、と云う意味らしかった。が、僕にはまだ充分判らなかった。

――明日の夕方、彼女と社長があいびきするそうです、とシマ氏が云った。これは小生なかなか観ものだと思いますな。どうでしょう、ナカさんも見物に加わりませんか？

――さあ、どうも取合わせが良くありませんね。

――何だか変なこと云うわね。

トンビがつんとして見せた。


約束の時刻――それは翌日の午後四時であるが、約束の場所――それは都心の一軒の鰻屋であるが、そこに行くと、二階にちゃんとシマ氏が先に来て待っていた。その店は鰻の寝床みたいに細長くて、いかにも鰻屋にふさわしかった。

――妙なところを選びましたね。

――ええ、ここは人眼につかないのです。あの二人は四時半にやって来て、この隣りに坐る筈です。

長い部屋を衝立で幾つかに仕切って使うようになっている。下から鰻を焼く烟が上って来て、お腹がぐうぐう云うような気がした。僕らはとりあえずお酒を貰って、肝を肴に飲み始めた。

――しかし、他人のランデ・ヴウを見物するなんて意味ないですね。

――そう云うものでもありません。

シマ氏はすましてそう云った。

——鰻屋を出たらどうするんですか？

——多分、Ｈへドライヴすることになるでしょうね。

——何ですって？　われわれもですか？

——多分、そうなります。

——へえ、それで社長とトンビがどこかのホテルに這入るのを見届けるんですか？　いやだな。

——そう狼狽てちゃいけません。誰も見届けるとは云っていません。

——しかし、何故、社長を問題にするんですか？　ケンに対する処置なんか見ても、なかなか人情味のある……。

——誰か来たようです。

上って来たのは、会社員らしい中年男と、細君と子供である。これは奥の少し広いところの席に坐った。それから暫くすると、四時二十五分ごろトンビが上って来た。彼女は僕らを見ると、ちょいとウインクして、あとは知らん顔をして隣りの席に坐った。坐ると衝立があるから見えない。店の女に、

——お酒頂戴。あとは、つれが来てから。

なんて、すまして云っているのが聞えた。四時三十五分、彼女のつれが現われた。昨夜、

写真でお眼にかかった顔である。が、僕らは知らん顔をして美術の話をつづけた。つづけながら、隣りの話に気を配った。

——驚いたぜ、全く、と男の声がする。あんたと瓜二つの女の子が俺の会社にいてね、てっきりそうだと思ってたんだが……。

——あら、ほんと？　会いたいわ。

——しかし、こないだは見事に逃げられたな。今夜は……。

——あら、ずいぶん、せっかちね。

一体、トンビがどんな顔で喋っているのか見たい気がするが、見るわけには行かない。しかし、ナカムラ氏の方としても、自分の会社のタイピストではないと判った以上、多少警戒しているかもしれない。ひょっこり酒席に現われて酔いつぶれて眠ったとは云うものの、その間、人相の良くない男と話した会話を聞かれなかったとは断言出来ない。何故現われたか、と疑い出せばトンビの身の上も安全とは云えない。だから、二人の後をつけるのだ、と云うのがシマ氏の案である。一方、トンビの方は出来るだけ巧妙にナカムラ氏を丸めこんでHへドライヴするように仕向けるのだそうである。

一時間ばかりすると、隣りの二人は立ち上った。立ち上るとき、トンビが、嬉しいわ、ドライヴ、と云っているのが聞こえた。僕らは鰻をつつきながら、まだ美術談が終らぬかのように話しあっていた。そのころは、もう戸外に夕暮の色が流れていて、僕も些かいい気持になっていた。

——出ましたよ。

——五分待って出ましょう。どうせ、行先は判っているのです。

そう云うと、シマ氏は立って行ってどこかに電話をかけた。五分後、僕らは店を出た。驚いたことに、店を出るとケンが現われたのである。

——どうしたんだい、こんなところに？

——いや、とシマ氏が云った。小生が電話で呼んだのです。彼はここから二分ばかりで行ける喫茶店で待っていたのです。何しろ、ナカムラ氏と顔を合わせるのはまずいですからね。彼もHへのドライヴに加わるのです。

——一体全体、どう云うことに……。

——いずれ、のちほど。

シマ氏は僕の質問を封ずると、巨きなビルの蔭に駐車していた運転手に洋傘をあげた。大きな車で具合がよろしい。三人が坐ったと思うと車は走り出した。

——これは小生の車なのです。

とシマ氏が云ったので僕とケンはすっかり面喰った。

——同時に、小生の専有とも云えないのです。

話によると、車はシマ氏のものらしい。しかし昼間は運転手もろとも、ある会社に貸してある。と云うより、その会社の車として走る。が、時間がすぎると再びシマ氏のものになる。運転手には会社から出る金をやる。その運転手が例のチッペの弟と聞いて、僕は再び面喰った。

——あれはたいへんなヒステリイですが、この弟の方は逆にたいへん冷静でしてね、その点運転の方も心配ありません。

事実、シマ氏がそんなことを話していても、運転手は知らん顔して車を走らせていた。この前Hへドライヴしたときは、ちょうど会社の方の仕事の都合でこの車が使えなかったらしいと判った。シマ氏の専有とも云えない、と云うのはそんなためらしい。車は極めて快適に走って、アルコオルの這入った僕の頬を夕風がなぶって、僕はいい気持になっている裡に眠ってしまったらしい。起こされて眼を醒ましたときは、もうHの宿についていた。

その宿と云うのは、前にシマ氏と来たとき泊った奴である。玄関を這入ったと思ったら、番頭がシマ氏に何か耳打ちしているのが見えた。部屋に通されると、シマ氏は云った。

——これから、少し忙しくなるかもしれません。たいへん失礼ですが、着換えはしないでそのままの恰好でいて下さい。宿へは、少し散歩して来るからと云ってあります。

——さっぱり判りませんね。

——いや、いまに判ります。それで、トンビとナカムラ氏はこの上の方のH・ホテルに泊った様子です。トンビからこの宿に連絡がありました。H・ホテルにはバアがあります。そこでナカさんには、まことに失礼ですがそのバアに行って頂きたいのです。

——僕一人ですか？

——そうです、但し、あんまり飲みすぎちゃいけません。一人と云っても、多分、美しい女性が飲みに来ているかもしれません。が、その女性が一人であっても、つれがいても、あんまりなつかしそうな顔はしないで下さい。

——いつまで飲んでいるのですか？

——小生、いずれ連絡いたします。それまで小生はこのワダさんと一緒に散歩して来ます。

——成程、と僕は云った。判りました。

しかし実際のところ何も判らなかった。それから、気になることがあるから訊いてみた。

——そのつれの男が若い美人に失礼な真似を働こうとしたら、僕はどうすればいいんですか？

——その場合は、シマ氏は首を傾けた。紳士らしく行動して下さい。

——紳士らしくね……。

それから僕は独りで坂を登ってH・ホテルのバアに行った。バアには客は誰もいなかった。僕はバアテンに上等のウイスキイを注文して、なめ出した。上等の奴にしたのは、飲みすぎないように警戒したからである。僕が坐ってから十分ばかり経ったころ、若い美人が這入って来た。彼女は、

——あら、閑散としてるわね。

なんて云うと止り木にお尻をのせて、どこの馬の骨か、と云う顔をして僕を見た。むろん、僕の方も「この尻軽女め」と云う顔をしてやった。彼女が来て十分ばかり経つと、ナカムラ氏がのこのこやって来た。僕は彼が鰻屋にいた僕を見憶えているのではないかと、心配したが、その心配はなかった。彼は僕の存在なぞ眼中にないらしく、直ちにトンビと一緒にカクテルなんか飲み出した。僕が非常に時間をかけて、ウイスキイを三杯ばかり空にしたころである。誰かが急ぎ足にバアに這入って来た。振返るとケンであった。ケンは僕には眼もくれずに、ナカムラ氏の近くに行った。明らかにナカムラ氏は吃驚仰天したらしい。

——お前は……。

——は、はい、とケンが云った。社長のお電話がありましたので、急いで別荘の方に駈けつけましたが、別荘番の爺さんが、社長はこちらだと云いましたので……。

——何だと、ナカムラ氏は怒鳴った。俺は電話なんかかけん。誰がそんな……。

——は、私はてっきり社長のお電話と……。

——それに別荘番の爺いって誰だ？　いま別荘には誰もいない筈だ。

そう云うと、ナカムラ氏は突然立ち上った。その顔には名状しがたい複雑な表情が浮かんでいた。が、トンビは腹立たし気にケンを睨みつけて云った。

——なあに、そのひと？　へんな邪魔立てしないでね。

——ともかく、別荘に行ってみる。

ナカムラ氏はそう云うと、トンビを振返った。

——お前も来るんだ。どうも変だとは思ってたんだが……。

トンビはカクテルを一息に飲み干すと立ち上った。それから、三人は慌ただしく出て行った。僕は僅かばかり残っているウイスキイを飲み、勘定をすませるとゆっくり立ち上った。

——何だい、あの連中？

バアテンに訊ねたが、むろん、バアテンは知らなかった。僕はバアを出た。出ると途端に跣足になった。少し行くと前方に三人の姿が見えて来た。少し足元がふらつくのは閉口であった。が、三人の後姿を見失わぬように、暗い道を歩いて行った。

8

ナカムラ氏の別荘の門のところで、僕は前の三人に追いついた。三人が門を這入って行くので、僕も遠慮なく門をくぐり、それから三人につづいて玄関から家のなかに上り込んだ。玄関の横手に応接間らしいのがあって、扉が開いている。明るい電燈の下に、シマ氏がベレエ帽を被って、おまけに傘を立ててその上に両手をのせて、すましてソファに坐っている姿が見えた。

——誰だ、お前は？

ナカムラ氏が怒鳴った。シマ氏は立ち上ると、叮嚀にお辞儀をして愛想よく云った。

——お留守のところお邪魔して申訳ありません。小生、シマと申します。

——申訳ありませんもくそもあるか。失敬な奴だ。

ナカムラ氏はシマ氏に摑みかからんばかりの様子であった。が、シマ氏は再び坐り込むと、こう云った。

——実は、あるひとを探しておりまして、こちらへ伺えば判るかと思ったのです。

——一体、お前は……。

——実は、サカキ・マンキチと云う若い男のことなんですが……。

瞬間、ナカムラ氏は妙な顔をしてシマ氏を見つめた。それから、僕ら一人一人を眺めて、僕に気がつくと怒鳴った。

——何だ、お前は？

——初めまして、と僕は挨拶した。尤も、さきほどホテルのバアでお見かけしましたが！……。

鰻屋でも見かけた、とは流石に云えなかった。しかし、ナカムラ氏には僕の存在よりシマ氏の方が気になるらしかった。

——知らん、そんな奴は知らん。

——サカキ・マンキチ君の友だちにタダと云う男がいたんですが……。

——そんなものは知らん。

——そりゃ残念だな、とシマ氏が云った。気の毒なことにタダ君はオオトバイにのって上水にドブンと跳び込みましてね、そのまま天国に行きました。

——君が何を云ってるか、俺にはさっぱり判らんね。おい。

と彼はケンを振向いた。

——こいつを追い出すんだ。

——はい。

ケンはそう云ったけれども、どうやら大いに困っているらしかった。これを見るとナカムラ氏は大いに立腹して怒鳴った。

——お前はクビだ。

シマ氏は立ち上ると叮嚀にお辞儀をして云った。

——お気に召さぬようですから、小生、退場いたします。但し、これを頂戴して参りますから悪しからず……。

シマ氏は身をかがめると、ソファの下から何やら四角い紙包みをとり出して小脇に抱えた。途端にナカムラ氏が跳び上った。本当は跳びかかろうとしたのだが、僕とケンが素早くナカムラ氏の両腕を押えたのである。別にそう云う予定ではなかったが、たいへん好都合にそんな結果になった。尤も、ナカムラ氏は力が強いので押えるには相当の力が必要であった。シマ氏は気の毒そうにナカムラ氏を眺めてこう云った。

——カイゼルのものはカイゼルに、と申しますからね。これはこっちで頂くのが当然と云えましょう。騒ぎ立てない方が賢明です。何しろ、騒ぎ立てたら、あなた自身損ですからね。

——何をつべこべ……。

——それとも警察に電話しましょうか？

ナカムラ氏は、シマ氏を睨みつけながら捨鉢気味に云った。

——一体、何だって云うんだ。

——まあ、お掛け下さい。

と、シマ氏はその家の主人みたいな口をきいた。僕らが腕を放すと、ナカムラ氏はどさり長椅子に腰を下した。トンビはその前から片隅の長椅子に凭れて、鼻唄を歌っていたのだか呆れたものである。多分、少しばかり酔っぱらっていたのだろう。シマ氏は再び前のように坐り込んだ。

——三、四年前のことですが、とシマ氏が話し出した。元伯爵のS氏の宝石類が行方不明になりました。正確に云うと盗まれたのです。戦後、S氏はある事業をやって、それに失敗して次第に生活を切りつめねばならなかった。それで、持っている金目のものを売らねばなりませんでした。S氏は相当の宝石を持っていました。戦時中、その一部を供出したと云いますが、むろん、莫大な価格のものがまだ残っていました。

——莫大って、とトンビが口を挿んだ。幾らぐらいなの？

——話の腰を折らないで貰いたいね、とシマ氏は云った。S氏はその宝石を売りたい、と思ったんですな、ある人物、仮にA氏としましょう。そのA氏に話した。A氏の父親と云うのがS氏の先代のころ、S家で家令と云うか執事と云うか、そんなことをやっていた。それでA氏もS家に出入りして親しくしていた。A氏はこの話を自分の親しい友人で、ある会社の社長をしている……さあ仮にB氏としましょうか、そのB氏に話した。B氏は戦後会社を起して相当羽振りが良い。たいへん、信頼のおける、やり手の人物だ、とA氏は考えていたのです。A氏の話を聞いたB氏は、心当りがないでもない、自分も幾らか買ってもよろしい、が、一辺、実物を見せて欲しい、とでも云ったんでしょうな。A氏はB氏の答をS氏に報告した。S氏はA氏を信用している。A氏はB氏を親しい友として信用している。その結果、S氏の宝石類——と云ってもむろん全部じゃない、宝石類の一部をA氏がB氏に見せることになった。一部と云っても相当の金額になるものを、そう簡単に持ち運びしたことが間違いのもとでした。その点S氏もA氏ものんびりしすぎていたのでしょう。

——A氏がB氏に宝石を見せるとB氏はたいへん気に入ったらしい。他にも欲しがっている人間がいるから一度一緒にS家に行って残りの方も見せて貰いたいと云った。A氏は大いに喜んで、宝石をもってS家へ引返そうとした。ところが妙なことが起ったのです。

シマ氏はちょいと黙ってナカムラ氏の顔を見た。ナカムラ氏は椅子にふんぞり返って天井を睨んでいた。僕らは——トンビも鼻唄なんか止めて、呆気にとられて聞いていた。

——つまり、小生、見ていたわけじゃないからこの点、些か確実性を欠くのを甚だ残念に思うのですが、ともかく、S家に行く途中でA氏は宝石の這入っている鞄を盗まれたのです。

誰が盗んだのか、どうやって盗んだのか、小生は見ていたわけじゃないが盗まれました。S家では、これを表沙汰にしたがらなかった。宝石を売ろうとしているなんて、世間に知れるのを憚ったのかもしれません。まあ、理由はいろいろ考えられるが、ともかく、警察に頼んで内密に調べて貰った。が、とんと行方が判らない。A氏は妙な立場に立たされました。盗まれたと云うのは、実はA氏の仕組んだ狂言ではないか、と疑われたとしても止むを得ないでしょう。S氏はそう思わなかったけれども警察はそう考えていたらしい。A氏は自殺しました。毒薬を嚥んだのです。

僕はケンを見た。ケンは何やら昂奮しているらしい顔を僕に向けた。僕は前に、ケンの父が自殺したとか聞いたことがあるのを想い出したのである。僕も何だか昂奮するような気がした。

——A氏には奥さんと息子が一人いました。この二人は宝石の話を聞いていなかったので、A氏の自殺の原因が判らなかった。つまり、謎の自殺と云う奴でした。宝石はどこに消えたか、行方不明のままでした。

——ところで、ここにもう一人の人物が登場することになります。これは仮にU氏としましょう。U氏は戦前から外国に行っていて、戦後暫くしてから日本に帰って来た男です。この男が、実はS氏の弟に当るのですが、たまたま兄のS氏から宝石紛失の話を聞いて、たいへん興味を覚えたのです。U氏は外国に何をしに行ったのか判りません。U氏が日本にいない方が当時のS伯爵家としては体面が傷つかずにすむと云われたぐらいですから、あまり出来の良くない男だったにちがいない。ポオカアには天才的な腕を持っているのだそうです。

――このU氏はS氏の話を聞くと、まず、頭のなかである筋書をつくり出したのです。長くなるから、簡単に申し上げると、自殺したA氏は狂言を仕組んだのではあるまい、むしろ、B氏の方が怪しい、こう考えたのです。そう考えたには、むろん理由があったのですが、その理由をいま詳しく申し上げていられません。また、その理由と云う奴も推測の域を出ないから、危いものです。A氏は死んでしまったから何も聞き出せない。しかし、A氏が死ぬ前S氏に報告したところによると、何でもS氏の邸近くの人通りのない通りで一人の男に鞄を奪われた。奪った男は待たせてあった車にとび乗って逃走したと云うのです。これは計画的と云えないだろうか。計画的とすると、奪った男はA氏の鞄に宝石が這入っていると知っていた筈です。何故、知っていたか？

――B氏は友情に厚い親切な人物でありました。彼はA氏の死を悲しみ、友人の息子が大学をやめねばならなくなったと知ると、自分の会社に入れて夜学に行けるように計ってやりました。

突然、ケンが立ち上った。シマ氏はケンを見ると、ちょっと手をあげて坐るように合図した。

――はっきり申し上げよう。A氏と云うのは、ここにいるケン君のお父さんで、B氏とはむろん小生の前に坐っているナカムラ氏です。それからU氏とは……。

――シマさんでしょう？

トンビが云った。

――御明察ですな、とシマ氏は歯の欠けた口を開いて笑った。では、もう少し話をつづけましょう。小生、ナカムラ氏に疑問を持ちました。が、別に何の証拠もない。しかし、小生急ぎませんでした。利口な人間なら急いで宝石を処分することはあるまい。ほとぼりのさめるまで何喰わぬ顔をしているだろう、そう考えましたな。B氏、即ちナカムラ氏に疑問を持つのは、むろん危い賭ですが、U氏、即ち小生にはさまざまの勝負で体得したカンがあるのです。小生は、たいへん慎重な人間でしてね、決して正面からナカムラ氏に立ち向かおうとしませんでした。

――不幸にして、小生は外国に長いこと行っていたのでA氏のことをよく知らない。息子のケン君の方は、全然知らない。小生、兄のSに頼んでケン君のことを訊いて貰った。あるバアに勤めている、それから、そこを辞めてナカムラ氏の会社に勤めたらしい。からめ手からナカムラ氏に近づくには、ケン君と知り合いになる必要があると考えました。小生、ケン君の勤めていたバアに行って、ケン君が一人の若い紳士とたいへん親しくしていることを知りました。そこで小生、ケン君と知り合いになるには、この若い紳士と知り合いになる方がよろしい、こう考えました。急がばまわれ、これが小生の標語です。

——小生の親しい若い美人で、小生のこの計画に役立つ申分のない女性がいました。彼女は相手の知らぬ裡に、相手の懐中物を頂戴出来ると云う才能の持主です。しかし、彼女は頭がよく、貞操堅固で、しかもなかなか色気がある……。

——それ、誰のこと?

トンビが訊いた。

——人間は誰しも、自分のことには尠らず関心を示すものです、とシマ氏が云った。そして、ある春の一日だったかもしれない。彼女はこの若い紳士が春風駘蕩の面持で街を散歩しているとき、この紳士と近づきになりました。その紳士が女性に対して、たいへん礼儀を心得た人物だったのは幸いでした。と云うことは、女性に対して冷淡ではないと云うことです。

僕は内心些か穏かでなかった。若い紳士と云うのはどうやら僕のことらしく、冷淡でないと云うのは、鼻の下が長い、と云うことに他ならぬ気がしたから。しかし、この辺の話は、読者は既に御存知であろうから、省略させて頂こう。つまり、シマ氏は遠大な計画を立てて、僕と知り合い、ついでケンと知り合ったのである。が、彼は決してケンと知り合いになりたがっていた、と云う気配を示さなかった。僕を通じて偶然知った人間として対しているにすぎなかった。シマ氏は急がなかった。何かキッカケを待っていたのである。

ところが、そのキッカケが出来た。ケンが鞄を車内で盗られたのである。これをシマ氏はどう考えたか？

――実際のところ小生にはよく判らなかった。何故、ケン君にHから東京まで貴重品を運ばせたのか？　それは必要があったからである。その必要は何か？　Hに貴重品を置いておくことが危くなったからだ、と考えられます。それは誰かそれを狙う人間がいるからです。そうでなければ、ナカムラ氏自身車ででも何でも運べばよろしい。しかし、それは誰かに気づかれる危険がある。そこでケン君に運ばせようとした。

――ところが、ケン君はそれを盗まれた。しかもケン君の鞄を奪った奴は、わざわざHの旅館でケン君の行動を見張っていて盗んだらしい。そうなると、話がおかしくなる。その連中はケン君がナカムラ氏の使いをするのを知っていたとしか考えられない。秘密の使いの筈のケン君の行動を、ナカムラ氏以外のものが知っているのは何故だろう？　ここで問題になるのは、Hにいるナカムラ氏から会社にいるケン君に電話がかかって来たことです。用件は云わなかった。が、もし本当に秘密を守りたいなら、電話でHへ至急来いなんて伝える筈がない。

――そこで小生、考えました。これはナカムラ氏のジェスチュアであって、何かの理由があってケン君にこっそり運ばせることを誰かに知らせる意味があるんじゃないか、そう思ったわけです。そうなると、貴重品が本当に鞄に這入っていたかどうか疑問になります。もし、自分の腹心のものに盗ませるなら、ケン君に実物をもたせる必要はない。他に幾らでも方法がある。もし、敵に盗まれるのを心配するなら、尚更実物はもたせないでしょう。のみならず、盗まれたのち、ナカムラ氏は警察に届けようとしていない。これには公けにしたがらない理由がなければならない。

――すると、ナカムラ氏は何を考えていたのか？　ここで小生、A氏、つまりケン君のお父さんが鞄を盗られたときのことを考えました。そのとき、一人が鞄を奪い、待たせてあった車で逃げたと云う。これには尠くとも一人、もしくは二人の人間が働いている。この一人、もしくは二人の人間は何故鞄を盗んだのか？　偶然の犯行でないとすれば、誰かに頼まれたのである。頼まれた以上、頼んだ人間を知っている筈です。頼んだ人間のひとつの秘密を握っている筈です。

――簡単に申し上げましょう。小生、いろいろ苦心した末に、ケン君の鞄を盗んだ二人の人間の身許をつきとめました。ところが、この二人の裡の一人は上水にドブンと落ちて死んでしまった。しかし、小生の親愛なる助手の美人の調査によると、ナカムラ氏と怪し気な探偵と云うものが始末してしまったらしい節がある。

――畜生、とナカムラ氏は云った。そんなこと知るもんか。

そう云ってトンビを睨みつけた。が、トンビは眼玉をクルクルまわして、それから僕に片眼をつむって見せた。

――これを知った小生は、急いでもう一人の方を摑まえたいと思った。が、これは行方が判りません。小生は小生のひそかに考えていたことがどうやら事実だった、とこのとき気づきましたな。つまり、ケン君の鞄を奪った二人は、前にケン君のお父さんの鞄を奪った人間と同一人物らしい。それが慾を出した。多分、最初のとき二人はHのこの別荘まで鞄を運んだと思われる。そして、その貴重品がHにまだあると知っていて、ナカムラ氏に多額の金を強要したかもしれない。あるいはこの別荘から盗み出そうとしたのかもしれない。ナカムラ氏はその逆を行ったのです。ケン君に運ばせると見せかけた。二人はむろん、電話でケン君がHに呼ばれることを知ったのでしょう。二人は見事鞄を盗みました。しかし、中味は石ころだったかもしれない。二人は、と云うよりはタダの方が主謀者らしいが、ナカムラ氏に一杯喰わされたと知って、もう一度正面から掛け合うことにした。その結果、上水に落ちて死体となって浮び上った。

ナカムラ氏は、ちょいとばかりポカンとしていた。それから狼狽てて、俺は知らんと、繰返した。

——知っているか知らないか、それは小生にはどうでもよろしいのです、とシマ氏は云った。小生には、この宝石類を取戻すことが目的だったのです。何しろ、親愛なるわが兄貴は、この半分を小生にくれる筈ですからね。

——泥棒、とナカムラ氏が怒鳴った。それは俺のものだぞ。どうしてあの金庫から……。

——金庫なんかに入れておくからいけないのです。小生、金庫を開けるのはたいへん上手でしてな。それに小生が泥棒でない証拠は、この宝石が這入っている箱に、ちゃんとS家の紋章がついていています。同じ容器に入れたままにしておいたとは、些かの不用意ですね。さて、それでは失礼することにしましょう。小生は目的を果しました。ナカムラ氏がどうするか、それはナカムラ氏の勝手です。小生、本日こちらへ来る前に警察の友人に、ナカムラ氏の良き相棒である例の探偵に注意するように忠告しておきました。尤も、小生、どうも警察は苦手でしてね。滅多なことがない限り交渉をもちたくないのです。しかし、ケン君の父親を間接に殺し、タダ・某も殺したらしいナカムラ氏はもはや逃げようにも逃げられないでしょう。では、失礼。

僕ら四人は立ち上ると、暗い戸外に出た。ナカムラ氏は椅子に坐り込んだまま動かなかった。一体、彼はどうするのか？　僕には気にならぬこともなかった。

ナカムラ氏は別荘で死体となって発見された。首を縊って死んでいて、自殺と云うことになった。僕らも一応警察に呼ばれたけれども、これは省略しよう。例の人相の悪い探偵は捕まってタダ・某を殺したことを自供した。サカキ・マンキチは関西に逃げていたことが判ったが、これはのちのことである。

Hから戻って五日後、僕はシマ氏から電報を受けとってモン・パリに行った。午後三時半ごろでむろん、店にはシマ氏しかいなかった。シマ氏は僕を見ると、たいへん懐かしそうな顔をして握手した。

——また、お呼び立てしまして。しかし、これも最後となるでしょう。

——何ですって？

——小生、些か感ずるところあって関西の方に参ります。それから、まもなく再び外国旅行に出かけます。多分、アルゼンチン辺りでしょう。今日はお別れの挨拶をするつもりで……。

——はあ……。

僕は呆気にとられた。

——いや、何でもないことです、何でもないことです。それから、お別れのしるしにこれを差上げます。

シマ氏はポケットから無雑作にピカリと光る硝子玉をとり出した。が、それは硝子玉ではなかった。ダイアモンドらしかった。僕が面喰ったのは云うまでもない。シマ氏は辞退する僕の胸のポケットにそのダイアモンドを落した。それから、ちょいと笑って云った。

——いや、心配は御無用です。しかし、妙なものですな。例のナカムラ氏は気の毒なことをしましたが、あの人物の手許に宝石がある裡に子を産みましてね……。

——何ですって？

——つまり、どうも最初盗まれたときより少しばかり多くなっていたのです。どうも不思議な話で小生訳が判りませんが、今更ナカムラ氏に訊くことも出来ません……。

——じゃ、ナカムラ氏は自分の分も……。

——何ですって？ 小生、判りませんな。小生もう例の事件は忘れたいのです。では、今日はこれで失礼いたします。ああそれから、四時半に、ヤスベイであなたを待っているひとがいます。お会いの節は、小生からよろしく、とお伝え下さい。では、失礼。

シマ氏は僕を鄭重に扉口から外に押し出してしまった。そして扉を閉めながら、片眼を閉じてニコリと笑った。僕がもう一度開こうとしたらもう鍵がかかっていた。

ヤスベイに行ったら、驚いたことにトンビがいた。念のために顎の下を覗いたら、黒子がなかったから間違いない。

——何だ、君か。

——へえ、あたしに会いたがってる素敵な男性って、あんたなの？

——俺のせいじゃないぜ。シマさんがよろしくって云ってたよ。

——あら、いつ会ったの？

——さっきモン・パリでだ。

トンビは急いで電話をかけに立って行った。と思ったら、一分と経たぬ裡に戻って来た。

——あのヒステリイ婆さん、カンカンよ。

——何だって？　チッペがいたのかい？

——四時半にモン・パリに来いって云いながら、店は開いてるのに影も形もないんですって。あたしあのチッペさんに渡すもの頼まれてるの、シマさんから。手紙だけど、なかに固いものが這入ってるの、ちょっと行って渡して来るわ。逃げたら承知しないぞ。

僕は考えた。固いものって、宝石かもしれない、と。その前の日、ケンに会ったらケンはシマ氏から相当多額の金を貰ったと云った。辞退したら、シマ氏はケンとアカギ・トモコの結婚祝いにとっておけと云ったそうである。それから、シマ氏はケン自身の手で、例の宝石をＳ氏のところへ届けさせたと云う。

――どうも不思議でした、とケンは云った。Sさんは、シマさんが宝石と一緒に渡してくれと云った手紙を読んで、半分やるなんて云った覚えはないが、と首をひねっていましたよ。でも、あれのおかげで半分でも戻ったんだから我慢しよう。あいつには敵わない、って云ってました。

のみならず、シマ氏はケンが卒業するまでの学資をS氏に出させることに成功したらしい。むろん、ケンにとっては嬉しい話である。が、もとはと云えば彼の父の死が関連しているから、ケンが妙な気がすると云うのも無理はない……。

十分ばかりでトンビは戻って来た。チッペがひどく腹を立てていて、逃げ出すのが容易でなかったらしい。それから、僕とトンビは大いに飲んだが、これは余談だからふれない。

その後、僕はシマ氏に会わない。多分、シマ氏はその言葉通り外国へ出かけてしまったのだろう。東京にいても転転として住所の判らなかったシマ氏の外国の住所が判る筈がない。

そして、いまに至るもシマ氏は、僕にとって不思議な人物である。

ドニヤ・テレサの罠

さて、スペインはセヴィラの町に、ドン・グレゴリオと呼ばれる勇ましい若者が住んでいた。常に灰色のマントを洒落た胴衣の上に羽織り、長剣携え——もっとも、滅多に抜いたことはなかったが——ちょいと気の利いた羽根飾りのついた帽子を斜めに被り、ピンとはねあげた髭をひねっている姿を見ると、天下の伊達男を気取っているかに思われた。

ところが生憎なことに、この伊達男のドン・グレゴリオはその颯爽たる勇姿にも拘らず、未だに美しい御婦人の知合がない。

——この俺にして、そんな莫迦な話はない。

ドン・グレゴリオは至極不満であった。彼は相当の見栄坊であったから、並の美人は気に入らぬのである。しかし、絶世の美人と云うものには、滅多にお眼にかかれるものではない。

ドン・グレゴリオの不満は当分つづくらしかった。

ところがある日のこと、ドン・グレゴリオが街を歩いていると、軽やかな馬車が一台、通りかかった。えてして、軽やかな馬車からは美人が現われるものである。ドン・グレゴリオは何気なくその馬車について歩いていった。

するると、馬車は五間とゆかぬうちに停まって、扉が開かれると、一人の女性が降りてきた。

――思った通りだ。

ドン・グレゴリオは片足を引いて、髭をひねりながらその女性をうち眺めた。馬車から降りるとき、ちらりと見せた足の美しさも、むろん、見遁しはしなかった。ところが驚いたことにその御婦人は、召使の開いた戸口に姿を消そうとする前に、ちょいとヴェエルを持ち上げてドン・グレゴリオを切れ長の眼でチラリと見たのである。

スペインの当時の男なるものは、いつ、いかなる時にも女性に敬意を払うことに用意怠りないものがあった。むろん、この突嗟の場合にもドン・グレゴリオはきわめて敏速に片手を胸にあて、片手で帽子を脱ぐと、慇懃に頭を下げた。そのため、始めから片足は後に引いてあるのである。

御婦人はこのドン・グレゴリオの挨拶を、至極満足に思ったらしい。ドン・グレゴリオが頭を上げてみると、戸口に小さな紅い花が落ちていた。むろん、御婦人の姿はもう見えなかった。扉をしめようとした召使が、その花を拾おうと身を屈めた。ドン・グレゴリオは慌てて駈け寄ると、花を奪おうとした。ところが召使の方が早く拾い上げた。

——おい、その花は俺のだぜ。

ドン・グレゴリオは云った。

——おや、どこの旦那様か存じませぬが、これは失礼いたしました。でもこれは私が先に拾い上げたものでして。

——そうかもしれん。しかし、あの御婦人はこの俺に……いや、それよりも、あの御婦人の御名前を教えてくれぬか。

——滅相もない、見ず知らずの方に、あの美しいお嬢様の御名前をお教えするなんて罰が当ります。

ドン・グレゴリオは急いで、かくしから貨幣を一枚取り出すと相手の胸に投げつけた。

——これが当るさ。

すると召使は、まるで待ちかまえていたように貨幣を巧みに受けとめて云った。

——おや、この花を私からお買い求めになると仰言るので。よろしうございます。

それから、ドン・グレゴリオに恭恭しく花を差し出した。ドン・グレゴリオは花の匂いをかぐと胸にさした。

——で、御名前は？

——私はいろいろの用事がございまして、いつまでも御相手はできかねますので。

こいつめ、図図しい奴だ、とドン・グレゴリオは内心呟いた。そこで、もう一枚貨幣を握らせると、娘の名はドニヤ・テレサと云うことを聞き出した。

むろん、このままで終る筈はなかった。その日の夜になると、ドン・グレゴリオは下僕にギタアをもたせドニヤ・テレサの家の戸口に立った。ギタアをかき鳴らし、甘ったるい唄を歌い始める。ほどなくすると、二階の窓の鎧戸が上がった。すると、ドニヤ・テレサの姿が見えた。

窓の上と下で二、三の話が交された。ドン・グレゴリオは最大級の言葉で相手に讃辞を送ることを忘れなかった。すぐれた恋人と云うものは、最初から深追いはしないものである。ドン・グレゴリオは暫くすると、もうおいとましなければ、と云った。

——おや、あたしに、もうお飽きになりましたの？

ドニヤ・テレサが云った。

——どういたしまして、とドン・グレゴリオは云った。その美しいお顔を夜風がいためつけはしないかと心配なのです。

——まあ、お上手なこと。

と同時に窓に白い手が出て、花が落ちてきた。ドン・グレゴリオが受け取ると、鎧戸が閉まった。

それから、ドン・グレゴリオは毎晩、ドニヤ・テレサの窓の下に立って、手紙のやりとりが始まった。ところが、ドン・グレゴリオの予期に反して、ことはなかなか進行しなかった。ドン・グレゴリオは、バルコニイをのぼって、ドニヤ・テレサの部屋に入ることを何遍も懇願した。しかし、ドニヤ・テレサは、自分の部屋近くには、兄が寝ていて、この兄はとても敏感だから危険だ、と云って承知しなかった。

ところで話変わって、ドニヤ・テレサには一人の女の召使がついていた。すでに五十をすぎた婆さんの召使であった。ある日、この召使がドニヤ・テレサに云った。

——このごろ、あの若いお方はどうでございますか？

——相変らずよ。この手紙を見てごらん。

ドン・グレゴリオには甚だ御気の毒なことだが、彼の恋人ドニヤ・テレサの愛情と云ったら、この程度のものだったのである。しかも、ときおり、この婆さんの召使にことの成行を話しては面白がっていた。と云うのは、彼女には、ドン・グレゴリオより遙かにすばらしい——と彼女は信じていた——恋人がいたのである。その名前は——しかし、これは後ほど判明するであろう。

ところでドン・グレゴリオの恋文を読んだ召使は笑って云った。

――おやおや、バルコニイをのぼってお嬢様の寝室に入りたいなんて男の云うことは決まっているものでございますね。

――あら、そうかしら。

――さようでございますとも。こんな御手紙を拝見すると私も若いころを想い出すようでございます。

――お前の若いとき？

ドニヤ・テレサは、どう見ても美しかったとは思われない召使の顔を見て、すこぶる興味を覚えたらしかった。そこで若いときの話を聞いてみると、驚き呆れたことに、この婆さんは何人恋人がいたか覚えていない始末であった。

婆さんはそれから、覚えている範囲の恋人の話を始めた。しかし、その話を聞くと、果してそれが本当かどうか、いささか眉唾ものに思われてきた。と云うのは、そのうちには、ドニヤ・テレサが友だちなぞに聞いた、有名な恋物語とまったく同じ奴が二、三にとどまらなかったからである。

しかし、話し終ると召使は云った。

――でも、こんなに想いつめているものには、少しは色よい返事をなさるものですよ。私なぞから申しちゃ何でございますが、お嬢様の大切に想っていらっしゃるあの方より、このドン・グレゴリオ様とやらの方が、ずっと……。

——おや、お前はあの方が好きなのかい？

——滅相もございません。

召使は吃驚して答えた。すると、ドニヤ・テレサは不意に悪戯っぽく笑って、召使の耳に小声で何か囁いた。誰も、聞いている者はなかった。しかし、話はそれほど重大なものらしかった。

——まあ、そんなこと。

召使は驚いて、思わずあたりを見まわしたほどであった。しかし、そのうちに、満更でもない顔になった。柄にもなく小娘のようにもじもじした。

——じゃ、約束してよ。

——はいはい、これも、お嬢様のためでございますから。

——さあ、誰のためやら。

まもなく、召使は立ち去った。ドニヤ・テレサは一人でくすくす笑った。その話がどんなものであったか、おそらく、賢明なる読者は容易に推察されたことであろう。

それから二日ばかりした夜、例によって、ドン・グレゴリオがドニヤ・テレサの窓の下に出向いたときである。彼はすでに一人の先客が、自分のいつも立つ場所を、占領しているのを発見した。何しろ当時の街は暗いので、一体どんな顔の男か見分けはつかなかった。しかし、やはりマントに身をくるみ、帽子を眼深に被って、窓のドニヤ・テレサと何やら話しているのである。

するとドン・グレゴリオの近づくのを見たドニヤ・テレサがその男に何か云ったらしい。男はちょっとドン・グレゴリオを振返った。が、素早く反対側の方に歩き出した。

――これは忝《かたじ》けない。こう簡単に、この特等席を譲って頂けるとは思わなかった。

この言葉を聞くと、男は一瞬立ちどまるかに見えた。しかし、すぐ何も云わずに姿を消してしまった。

――あの弱虫の野良犬は何者ですか？

ドン・グレゴリオは窓のドニヤ・テレサに訊ねた。

――まあ、弱虫の野良犬ですって？　あの方は剣術の先生だってかなわないほど強いお方なんですよ。

これは尠なからず、ドン・グレゴリオの誇りを傷つけた。

――へえ、そんな奴ですか。それじゃひとつ、あいつの胴なかを串ざしにしてやればよかった。

すの？

——まあ、ドン・グレゴリオ、あなたはそんな野蛮な話をしにここにいらっしゃったんですの？

——いいえ、そうじゃありません。でも、あなたの御心にあんな野良犬を少しでも讃めるような部分があるとすると……。

ここで二人の間に、少少甘ったるい争いが起こった。その結果、ドニヤ・テレサは彼女が心からドン・グレゴリオ一人を愛している、と云う確証を与えなければならぬ破目に陥入った。

——じゃ、とドニヤ・テレサは云った。ええ、いいわ。明日の晩遅くここに登ってきて下さいな。あなたが口笛をお吹きになったら、この窓が開きます。あたしの本当の気持がお判りになりますわ。明日は兄が留守にしますの。

これは、ドン・グレゴリオにとって思いがけない儲け物であった。あの野良犬め、とんだ幸運の使者と云うものだ、とドン・グレゴリオは考えた。彼はむろん、喜びに胸を躍らせて帰途についた。

翌日の夜更け、ドン・グレゴリオはマントに身をくるみ、下僕もつれずにドニヤ・テレサの家に赴いた。窓の下で口笛を鳴らすと、鎧戸が上がった。ドン・グレゴリオは、たちまちのうちにバルコニイに登っていた。

何しろ、この日は一日中、バルコニイ登りを自宅で練習していたから、その見事なことも当然と云ってよかった。これを見た窓のドニヤ・テレサはほとほと感心したらしく、軽い溜息をついた。しかし、何も云わずに奥に引っ込んだ。

バルコニイに上がったドン・グレゴリオはすぐ窓ごしに部屋に這入ると、鎧戸が降りた。部屋のなかは、真暗で、それこそ鼻をつままれても判らないほどである。

——ドニヤ・テレサ、明りをつけて下さい。明りをつけて、あなたの美しい顔をひと眼見せて下さい。

しかし、何の答もなかった。ドン・グレゴリオは些か不安になった。ドニヤ・テレサはいないのだろうか、と思ったとき、軽やかな衣擦れの音が近づいて、いい匂いが鼻をうった。同時に、手探りしたらしい手がドン・グレゴリオの右腕をマントの上から捉えた。ドン・グレゴリオは、その手をとって接吻しようとした。ところが、手は素早く引っ込められた。

——ドニヤ・テレサ、どうしたんですか。何か仰言って下さい。ドニヤ・テ……。

このとき、ドン・グレゴリオは首に両手をかけられ唇をふさがれた。そして、彼の唇をふさいだものは、どうやらドニヤ・テレサの唇らしかった。

それから、ドン・グレゴリオは相手に首に手をかけられたまま、静かに引っぱられていった。すると、二人とも、何かにつまづいて重なりあって引っくり返った。しかし、幸いなこに、二人が引っくり返ったのは柔らかい寝台の上であった。

まだ夜の明けぬうちに、ドン・グレゴリオは再び窓からバルコニイに出ると、下に降り立った。しかし、彼は帽子を忘れたのに気がついた。鎧戸はもう閉まっていた。彼は、もう一度口笛を鳴らした。鎧戸が開いたのを見ると、彼は低声で云った。

——帽子を忘れたのですが、ドニヤ・テレサ。

すると、窓のところで、おや困った、と呟く声が聞こえた。その声を聞いて、ドン・グレゴリオは妙な気がした。かすれたような声で、日頃のドニヤ・テレサに似合わぬものであった。けれども、ドン・グレゴリオは善良な恋人らしくこう結論を下した。

——きっと、ドニヤ・テレサは何かの加減で咽喉を痛めているのだろう。そこで悪い声をこの俺に聞かれたくないのだろう。

そう決まると、この夜のドニヤ・テレサの不思議な沈黙が簡単に納得できた。何しろ、始めから終りまで、ドニヤ・テレサは無言だったのである。

暫くすると、窓から手が出て、ドン・グレゴリオの帽子を投げてよこした。ドン・グレゴリオはそれを頭にのせ、閉まった鎧戸に、別れの言葉を告げて歩き出しながら、再び、妙な気がするのを覚えた。帽子を投げたドニヤ・テレサの手は、いつもと違って、あんまり美しいと思われなかったのである。どうも、いつもより色が黒かったような気がして仕方がなかった。これは、しかしドン・グレゴリオにも簡単に解決のつかぬことであった。どうも、不思議な夜だった。

ドン・グレゴリオは考えた。あのすらりとして美しいドニヤ・テレサが、思いのほか肥っていたのも、意外であった。思いのほか、勇敢なのも予期しないことであった。しかし、ドン・グレゴリオはその勇敢なるドニヤ・テレサのおかげでひどく疲れていた。そこで家に戻ると、すぐ眠ってしまった。

翌日の夜、再びドニヤ・テレサを訪れた。しかし、ドニヤ・テレサはもうバルコニイに登ることを許さなかった。

——兄が帰ってきましたから。

と彼女は云った。その声は、いつもの美しい声であった。

——ゆうべは、とドン・グレゴリオが云った。あなたは妙なお声でしたね。もう、よくおなりになったんですか?

——あら、あたし……。

と、ドニヤ・テレサは些か慌てて云った。

——ええ、ゆうべは咽喉を痛めておりましたの。でも、あたし、一言もしゃべらなかったと思いますけれど……。

ドン・グレゴリオが帽子の話をすると、彼女は急いで云った。

――あら、そうでしたわね。ほんとにお婆さんみたいな声じゃありませんでした？

――それに、とドン・グレゴリオはちょいと大胆になって云った。あなたは見かけよりも肉附きがよろしいですね。

――まあ、鎧戸を閉めましてよ。

彼女は、何やらそわそわして、落ちつきがなかった。これはちょっと不思議であった。

――御手紙を。

ドン・グレゴリオは自分の艶文《えんぶん》を剣の先につけて彼女に渡した。ドニヤ・テレサはそれを受け取ると、父の足音がしますから、と云って、窓を閉めようとした。これは、意外であった。ドン・グレゴリオは慌てた。自分のと引替に、いつも彼女の艶文を受けとる筈になっていた。

――ドニヤ・テレサ、私の頂く御手紙は？

――あら、そうでしたわね。あたしとしたことが、どうしたんでしょう。

ドニヤ・テレサはすぐに、一通の恋文を投げてよこした。その手は、白く美しかった。鎧戸が、すぐ閉まった。

ドン・グレゴリオはドニヤ・テレサの恋文を早く読もうと歩いていった。すると、背後から呼びとめる者があった。振返ると見覚えのある男が立っていた。ドニヤ・テレサの家の召使で、かつてドン・グレゴリオが花を買いとったことのある相手であった。

——何事だね？

——お願いがございますので。

聞いてみると、いま貰ったばかりのドニヤ・テレサの艶文が欲しいと云うのである。

——冗談は止せ。

ドン・グレゴリオは相手にならなかった。

しかし、相手は本気であった。のみならず、幾ら金を出してもいい、とまで云った。事実、大分金の入っているらしい袋まで、とりだしたりした。こうなると、ドン・グレゴリオとしても、意地でもやれなかった。しつっこくついてくる相手を、最後には剣で脅した。相手はとうとう諦めたらしく、溜息をついて戻っていった。

ドン・グレゴリオは家に戻ると、早速、恋文を拡げて読んだ。ところが、どうも話の具合がおかしかった。よく見るとそれはドン・ファンと云う男に宛てた恋文なのが判った。しかも、それはドン・グレゴリオ宛のものより、遙かに熱烈な内容のものであった。ドニヤ・テレサは他人宛の恋文を、まちがえてドン・グレゴリオに渡してしまったのである。ドニヤ・テレサはそれに気づいて、召使に命じて取り戻そうとしたのに違いなかった。

むろん、ドン・グレゴリオはひどく腹を立てた。しかし、読み進むうちに、ドン・グレゴリオは真赤になったり、真蒼になったりした。と云うのは、面白い話をお聞かせいたしましょう、と云う前置きがついている。あとに続く小咄は、こんなものであった。

ある古い城に、たいへん美しい姫がいた。美しい姫だから、御意を得たいと思っている若い騎士も尠なからずあった。ここに一人、唐変木の騎士があって、一夜、姫の寝所に忍び込む許しを得た。彼は欣喜雀躍、大いに姫の歓心を得ようと最善を尽くした。姫もすこぶる御満足の態であり、また、彼自身も大いに満足した。ところが、実を云うと、姫の五十を過ぎた召使が姫の着物を借り、香水をふんだんに振りかけて、姫の代役を買って出たのであった。

——むろん、部屋は真暗にしてございました。それで、その唐変木の若い騎士は、お姫様の皺だらけの召使を、すっかりお姫様と思い込んでいたのでございます。ところが、この召使の方でも、この代役がすっかり気に入ってしまいました。そのお姫様に申したそうでございます。わたくしでよろしければ毎晩でも代役を務めさせて頂きますと。どうでしょう、面白くはございませんか？

ドン・グレゴリオは元来、血のめぐりのいい方ではなかった。しかし、これはどうも自分を扱った小咄だ、と考えぬわけにはゆかなかった。話のなかの、唐変木の若い騎士と云うのは、ほかならぬ、このドン・グレゴリオ自身を指すことは明瞭らしかった。

これで、前夜のドニヤ・テレサの不思議議がすっかり解決できた。些か遅きに失した嫌いはあるが、もし、ドニヤ・テレサが手紙を間違えて渡さなかったら、ドン・グレゴリオは当分、知らずして他人の嗤いものになっていたに違いない。

七面鳥のように、色を変えて手紙を読み終わると、ドン・グレゴリオは手紙を粉粉に引き裂いて捨てた。激しく床を蹴って帽子を被り、壁を蹴とばしてマントを羽織り、椅子を引っくり返すと長剣をとって下僕を呼びつけた。

——ドン・ファンとやらいう下司野郎の家はどこだ？　すぐ案内しろ。

——この夜更けにですか？

——つべこべ抜かすと突き殺すぞ。

下僕は吃驚仰天して案内に立った。ドン・グレゴリオは例の手紙の宛主であるドン・ファンを、あの世に送ってやろう、と決心したのである。そうすることによって、ドニヤ・テレサの残酷な仕打ちに復讐し、自分の誇りを取り戻そうと考えた。

ところで、下僕はドン・ファンの話は聞いていたものの、家ははっきり知らなかった。下僕の話によると、ドン・ファンと云うのは、そのころちょいと名の知れだした女蕩しだと云うことであった。

——それに、滅法、剣術のうまい奴と聞いております。

下僕が云った。すると、この前ドニヤ・テレサの家の前にいた奴に違いない、とドン・グレゴリオは考えた。その男なら、ドン・グレゴリオを見て逃げ出したではないか。ドン・グレゴリオは、急ぐ下僕をさらに急がせた。

——たしか、この家かと思いますが。

と、下僕の指した家を見ると、ドン・グレゴリオはつかつかと歩みよった。

——でも、と下僕が引きとめた。もしかすると向うかもしれません。私も友だちに一度ばかり教えられたきりですので……。

——黙れ。

ドン・グレゴリオは下僕を突き飛ばすと、扉を叩いた。暫くすると、小さな覗き口から明りが洩れ、一人の男が顔を出した。

——御主人ですか？

——そうです。誰方でしょう、こんな夜更けに。

——急ぎの用事があるのですが。それとも、臆病風にとりつかれて出て来られませんか？

——はて、妙なことを仰言る。一体、何の御用なんでしょう。

——ドニヤ・テレサのことです。

——ドニヤ・テレサ？　あの議員のドン・ファウスタの娘さんですか？

——そうです。

——あの方がどうかされましたか？

——余計なことは云わない方がいいでしょう。あなたは唐変木のようですね。あるいは野良犬と云った方が御気に召すでしょうか。

これを聞くと、相手はむっとしたらしかった。

——どこの馬の骨か存じませんが、夜更けに他愛もないことを云うために他人の家を叩くなんて感心しませんね。寝言は御自分のベッドの上で仰言るがよいでしょう。

——恐れ入ります。あなたの胸にこの剣が入りたがって始末に負えません。どうして下さいますか。

——成程。多分、私の剣もそう思っている筈です。

と云うと相手は奥に引っ込んだ。まもなく、剣を持って引返してくると、扉を開けて外に出てきた。中肉中背の三十恰好の男であった。下僕が慌てふためく間に、二人は暗い往来で、たちまち剣を触れ合った。

二人は互格の腕前らしく、なかなか勝負がつかなかった。そのうちに、この騒ぎを聞いて、近所の家の窓から、幾つも光が洩れてきた。また、遠くの方からランタンの灯が揺れながら近づいて来た。

——巡邏《じゅんら》が来ました。

下僕は叫んだ。しかし、熱中している二人には聞こえないらしかった。このころには、相丁の男は些か疲労したらしく、もっぱら防禦にまわっていた。やがて、激しく突き込んだドン・グレゴリオの剣が、それを避けようとしてよろめいた相手の肩を貫いた。

が、このときすでに、武装した巡邏の一隊が、ドン・グレゴリオと相手を取り囲んだ。

相手の男は、二名の巡邏兵とともに、傷の手当をするために自宅に入って行こうとした。しかし、入ってゆく前にドン・グレゴリオに云った。

——失礼ですが誰方でしょう。私の肩の傷が癒えましたら今度はあなたの胸に穴を開けて差し上げたいと存じますので。私は……。

——いや、とドン・グレゴリオが遮った。あなたのお名前は存じております。ドン・ファンとか仰言いましたね。私はこの名前を聞くと、いつも胸がむかむかするでしょう。でも、剣術の名人とか云うあなたをやっつけて……。

——ドン・ファン？

相手は大声で、腹立ち紛れに叫んだ。

——君はドン・ファンを探していたのかこの唐変木の慌て者め、ドン・ファンはあそこに立っているのを知らないのか？

ドン・グレゴリオは驚いて振り返った。すると、往来に面したちょうどこの男の家の真向いの家の前に、一人の男がつまらなそうな様子で立っていた。ドン・グレゴリオは、思わず剣を取り落として叫んだ。

——あなたがドン・ファンですか？

——そうです。と、ドン・ファンは憂鬱そうな口調で云った。そう云う名前の者です。私は先程、ドニヤ・テレサから面白い話を聞きましたので、あなたのおいでをお待ちしておりました。何でもドニヤ・テレサは、たいへんな姥桜に興味をお持ちの方に、間違えて手紙を渡されたそうですので。

ドン・グレゴリオは逆上した。落した剣を拾い上げると、ドン・ファンに飛びかかろうとした。しかし、それより早く巡邏兵たちが、ドン・グレゴリオの両腕を捉えた。ドン・グレゴリオは下僕を怒鳴りつけようとした。ところが、下僕はどこに隠れたのか姿を見せなかった。

ドン・グレゴリオは、巡邏に引き立てられながら、大声でわめいた。悪口雑言を吐き散らした。まったく、ドン・グレゴリオにとって、こんなに割のあわぬ、莫迦気た話はないと云ってよかった。

このドン・グレゴリオに、ドン・ファンは相変わらず憂鬱な口調でこう云った。

——私は、いつでもあなたのおいでを、お待ちしております。

事実、ドン・グレゴリオを見送るドン・ファンはこの上なく憂鬱であった。何故なら、彼にとっては、彼が平生軽蔑している女と云うものの罠に、簡単に引っかかった男を見るのが堪らなく憂鬱なことだったのである。

カラカサ異聞

1

紀州と云うから、いまの和歌山県の掛川に霊験あらたかな観音さまの御堂があった。願をかけると大抵かなえて下さる、と云うので御堂は小さいが参詣人の絶えることがない。近在は申すに及ばず、かなり遠方までも有名であった。それともうひとつ、この観音さまで有名なことがあった。それは御堂の縁に唐傘が並んでいることである。

かつて、この観音さまに、伝兵衛と云う男が願掛けにやって来た。ちょっとした商売をやっていたが、いつまで経ってもうだつがあがらない。何とか商売繁盛いたしますように、と観音さまに御願いにやって来た。ところがこの伝兵衛は仲々慾の深い男で、嫁さんの世話まで御願いしたのである。

と云うのは、この伝兵衛にはかねてから思いこがれている意中の女性があった。生憎、この女性の名前は伝わっていないので判らないが、裕福な商人の一人娘で、おまけに大変な美人ときているから、伝兵衛にはとても及ばぬ花である。思いあまって、観音さまに御願いすることにしたのである。しかし、一度に二つも願をかけたせいか、お詣りをすませた伝兵衛が帰路につこうとすると、突然、沛然《はいぜん》として豪雨がやって来た。雨具の用意のない伝兵衛は骨の髄まで濡れ鼠となり、つづけざまに何度も嚏《くさめ》をしたりして、とても美人のお嫁さんを欲しがっている男とは見えなかった。

ところが、神様と云うのも仲々気紛れなものと見えて、それから一年と経たないうちに、どうした加減か伝兵衛の商売が莫迦にうまくいき始めた。伝兵衛が喜んだのは云うまでもない。と同時に、例の意中の女性が伝兵衛でなければ嫁に行かぬと云い出した。伝兵衛が喜んだのは云うまでもない。そこで観音さまに何を御礼に差上げようかと、考えた挙句、自分が雨に苦しめられたことを想い出して唐傘を二十本寄進することにしたのである。だから、御堂の傘の並んでいる傍には伝兵衛寄進と、ちゃんと札に書いて立ててあった。しかし、傘と云えども使っているうちには破損する。伝兵衛は幾らかの金子も包んで渡して、毎年新しく張替えて貰うことにしてあった。

参詣に来る人でも、単なる通行人でも差支えない。急に雨や雪に降られて困ったときは、観音さまの傘を借りればよかった。天気になると直しに来る。何しろ、誰でも伝兵衛にあやかりたい気持があるから、間違っても傘を着服して知らぬ顔を極めこむものはない。だから、何年経っても、傘は一本も紛失しなかった。それがまた評判になって、雨も降らぬのに傘を借りて帰ったりする奇妙な人間も出て来たりしたのである。

ところが、慶安二年の春――と云うと、いまからざっと三百年ばかり昔のことであるが、とうとうこの傘の一本が紛失してしまった。

と云うのはその春の一日、うらうらした良い天気の日に藤代と云う里の、ある若い男が、観音さまにお詣りした。これは商売繁盛は願わないが、やはり女のことで願掛けに来たのである。さて、お願いをすませて帰ろうとすると、どうしたわけか急に空模様が変って、雨が落ちて来た。

――はて、むかし伝兵衛と云う人が帰るときも雨に難儀したとか云うから、これは必ずや願のかなう前兆にちがいない。

男は内心北叟笑《ほくそ》んでそう呟いた。ところが、御堂の傘を借りて歩いて行くうちに、北叟笑んでばかりはいられなくなって来た。雨と共にすさまじい風が吹きつけて来たからである。傘をつぼめて、そのなかに頭を突込んで吹上浜にさしかかった。大浪が打ち寄せ、風が激しく唸る。何やら心細い気持で歩いて行くと、突如として風が変って、あなや、と云う間もない、後生大事に持っていた傘を宙に飛ばしてしまったのである。

――ああ、傘が……。

雨風に打たれながら男がそう叫んだときには既に傘は空高く舞い上り、まるで羽でも生えているかのように、風にのって見事な飛翔をつづけているのであった。果して、この男の願いがかなえられたかどうか、また、傘一本が紛失したために、どのような騒ぎが持ち上ったか、それについては、いまは触れないことにしよう。何しろ、傘の行方を追っかけるのが急務だから。

2

ところで話変って、肥後の国と云うから、いまの熊本の山奥に、穴里と云うちっぽけな部落があった。名前からしてまことに山奥にふさわしいところだが、事実、この部落の住民はそこに引きこもったまま、外に出たことがない。山に住む小鳥の方が、まだ世間を知っていたかもしれない。

この里に住む一人の中年男が、ある晴れた春の日にちっぽけな畑で女房と一緒に働いていた。鶯の声なぞ聞こえてまことに天下泰平の風情であった。ところが、いままで長閑《のどか》な春風が吹いていたと思ったのに、思いがけなく山山の梢を激しく揺すって強い風が吹いて来た。轟《ごう》と恐ろしい風の音がしたとき、女房の方は仰天して地面に平伏した。しかし、亭主の方はさすがに男だけあって、平伏はしなかった。

——はて、奇体なことが……。

と空を仰いで呟いた。しかし、次の瞬間、亭主は吃驚仰天して尻餅をついた。何やら得体の知れぬへんてこなものが眼の前に落ちて来たからである。

――これ、逃げろ。

亭主は女房に呼びかけて、二人とも慌てふためいて近くの林に逃げ込んだ。しかしどうも追って来る様子がない。おそるおそる振り返って見ると、畑の真中に、さっきのものがふんぞり返っていて、ときどき、莫迦に気楽そうに、動いているのである。一本、細い足のようなものを宙に突出して、その下に丸く広がったものがくっついている。強いて似ているものを求めると、茸《きのこ》に似ている。

百姓夫婦は顔を見合わせて考えた。しかし、考えたところで何にもならない。先刻の強風は嘘のように消えて、長閑な春風にゆらゆら揺れている代物は別に危害を加えそうにも見えない。暫く様子を見ているうちに、亭主が女房に云った。

――俺がここで見張っているから、お前は村の衆に知らせて来い。

女房はおそるおそる歩き出し、やがて走り出すと林に隠れてしまった。

女房の戻って来る前に、茲でちょいと触れておくが、この百姓夫婦を仰天させた代物が傘であることは先刻御承知であろう。而もこの傘と云うのが、例の藤代の里の男が吹上浜で風に奪われた観音さまの傘なのであった。だから、観音さまの傘は、和歌山から熊本まで、大飛行したことになる。どうしてそんなことが出来たのか不思議と云えば不思議である。しかし、何しろ、狐や狸が堂堂と人間をたぶらかしていた時代だから、こんなことも充分起り得る可能性はあったと申して差支えない。

さて、暫くすると村人が沢山、女房に案内されて姿を現わした。先頭には、この部落で一番物識りの黒助と云う爺さんが歩いて来た。やって来た一同は、例の傘を遠巻きにしてがやがや騒ぎながら見物した。

――一体全体、これは何でございましょう?

と、例の百姓が物識りの黒助老人に訊ねた。

――さよう、いかにも不思議なことだ。

黒助老人は勿体振って答えたが、実は何だかさっぱり見当がつかない。百姓が、傘の落ちて来たときの様子を説明するのを聞きながら、矢鱈に咳払いばかりしている。そのうちに気の短い男が、

――こうやって見ていても埒があかないから、ひとつ傍へ行って調べようじゃないか。

と云い出した。

――滅相もない。傍へ行くと急に暴れ出して取って食うかもしれないぞ。

と云う者がある。

しかし、結局いつまでもそうしていられないと云うわけで、一同はそろりそろりと傘に近づいた。何しろ、この穴里の人間は傘と云うものに御眼にかかったことがない。だから、なかには茸の化物だと信じこんで、他人の後からこわごわ近寄る者も多かった。

——はて、竹と紙で出来たものだ。

と云ったのは、黒助老人である。成程そう云われてよく見ると、畑の真中に悠然とひっくり返っている代物は、竹と紙で出来上っている。そこで、黒助老人を中心に穴里の老人連中が首をひねって考え出した。

——この年になるまで、こんなものは見たことがない。

——全く。わしも相当世間は知っているつもりだが、このわしの知らぬものもあると見える。

老人連中がそんなことを云い合っているあいだ、黒助老人は仔細有り気に傘の傍で何かしていたが、急にハタと膝を打ってこう云い出した。

——皆の衆、わしがいまこのものの竹の数を勘定してみたところ、きっちり四十本あった。また、この紙を見たところ普通の紙ではなくて、何とも尊い紙のように見える。

穴里の若者たちはかしこまって老人の云うことを聞いている。

——察するところ、これは話にきくお伊勢さまの内宮の御神体が勿体なくも飛んで参られたものにちがいない。何しろ、御神体は日の神様と申すから、空から舞い降りて来られたのは必定だ。

これを聞いた村人たちが慌てたのは云うまでもない。あの有名なお伊勢さまの御神体だと云うので、一同土下座し両手をついて、何遍も何遍も叮嚀にお辞儀を繰返した。

それから、神様を土の上におくのは勿体ない、と云うわけで早速新しい筵《むしろ》が持って来られた。二人の男が身体を清めて「御神体」を筵の上にお移し申上げると、「御神体」は至極満足らしく、ゆらりゆらりとゆれるのである。それから大変である。わざわざ、遠い伊勢から山奥の穴里までやって来られた神様を野天の筵の上に置きっ放しには出来ない。と云うわけで、部落中の人間が身体を清め、山の木を伐り出した。一部の者たちは萱《かや》を刈る。一致団結してやったから、たちまちのうちに、あまり立派とは云えないがともかく「御神体」を祀るお宮が出来上った。

この神殿の新築落成の祝いが、一週間つづいた。こんな部落としては異例のことであった。神殿のなかには傘の神様が、相変らず柄を上にしてひっくり返っていた。部落の人間は傘を知らないから、むろん、つぼめることなぞ気がつかない。それに、空から落下したときの姿が、神様本来のお姿だと信じ込んでいるから、そのまま、うやうやしく本殿に安置した次第であった。

その後村人たちは交替で、神社の境内を掃き清めたり、御供物を捧げたりなぞして、夢にもこの唐傘の神様をないがしろにするものはなかったのである。

3

ところで、この山奥の穴里に毎年決まってやってくる三助と云う行商人がいた。櫛とか針、糸、茶、その他何やらこまごましたものを風呂敷に包んだのを背負ってやってくる。色の黒い痩せた小男で、来ると決まって、カネ婆さんと云う独り暮しの老婆の家に泊まる。大体一週間ばかり泊まって、部落の家を一軒一軒まわって商売して引上げる。話好きで長尻だから、日か二日ですむ逗留が一週間にものびるのである。

この三助が、この年は例年より多少おくれて五月ごろやって来た。この男は、この穴里の部落の人間が世間を知らないのを内心軽蔑している。しかし、表面は素知らぬ顔で外界の、いわば、ニュースなるものを話してきかせては、大いに得意になっている。

一年ぶりでやって来た三助は、

――またやって参りました。お変りありませんか。ひとつ、今年も宿をお願いします。

とカネ婆さんに、決まり文句の挨拶をした。すると、カネ婆さんが待ちかまえていたようにこう云った。

——長生きはするもんだね。あたしもこの年まで生きていたおかげでお伊勢さまにお詣りが出来ました。

——へえ、そいつは驚きましたな。その年でお伊勢参りとはお元気なものですな。一体いつごろ行って来られました？

当時、熊本の穴里の人間が伊勢まで行くなんて、月世界旅行よりもっと実現はむつかしい。だから、三助は内心、カネ婆さんはちょいと頭の調子が狂ったのかもしれない、と思って訊き返した。

——なあに、いまでも毎日お詣りしていますよ。

と聞いて、三助は驚いた。そこで話をよく聞いて見ると、ある日のこと神風が吹いて空からお天道さまの神様が降りて来られた。これがお伊勢さまの御神体であって、いまでは部落の山の手寄りのお宮に祀られてある、と云うのであった。

——へえ、そいつは驚きましたな。それで、その神様はどんなお姿でしたか？

——それが、お前さん、何と云っていいやら、勿体ないお姿で、ほんとうに有難く尊いお姿でした。

と婆さんは云った。実は婆さんはひどく眼が悪くて、神様の姿なぞ見えなかったのである。

三助は婆さんを相手にしていては判らないと思って、早速、物識りの黒助老人のところに挨拶に行った。そこで何気なく例の神様の話をすると、老人もこれまた待ち構えていたように云った。

——お前さんは毎年一回この里にきては、何やら尤もらしく他国の話なぞして行くが、お伊勢さまの御神体はまだ拝んだことがあるまい。心掛けの悪い人間は気の毒なものさ。

元来、黒助老人は三助が行商に来ては老人の知らぬことなぞ話すことがあるので、快く思っていないのである。

——これはどうも御言葉で、恐れ入ります。お伊勢さまの御神体と申しますと、如何なるものでございましょう？

このとき、黒助老人は少し不安になった。お伊勢さまの「御神体」と云ったのは老人だが、老人自身、物識りと云う手前そう云わなければならなかったので、神様にはちがいないがどの神様か判らないと云うのが正直な話である。うっかり、こんな三助に違っているなぞと云われたら大恥をかかねばならない。

——勿体ない。そうやすやすと御神体の話なぞ出来るものか。

と云った。

——しかし、私の聞きましたところでは、お伊勢さまの御神体はお鏡だそうで……。

――滅相もない。お前さんにそんな話をした奴は大方狸か狐だろう。この穴里で、本気でそんなことを云うとただではすまんぞ。

些か話が物騒になって来たので、三助は抗わないことにした。しかし、老人の家からの帰り、彼は誰にも見つからないように、こっそりお宮のある方に廻ってみた。百聞は一見に如かずと思ったのである。お宮は大きな森に囲まれたなかにある。

もう夕暮近く、里人が丹精こめて造ったお宮は素朴なりになかなか荘重の趣がある。三助は何やら空恐ろしい気がした。しかし、好奇心の方が遙かに強かった。もう一度あたりに人の気配のないのを見すますと、思い切って本殿の扉を開くとなかに入って、再び扉を閉めた。里人の建てたものだから、あちこちに大小の隙間があって、真暗と云うわけではない。眼がなれるのを待って、狭い堂のなかの奥の白木の台にのっかっているものを見て三助は最初眼を疑った。それから、思わず吹き出した。むろん、三助には一眼でその御神体の正体が判ったのである。

ところがこのとき、神社の方にやってくる人の気配がした。それも三、四人連れ立ってやってくるらしい。扉の節穴から覗くと、先刻の黒助老人が他に三人の村人を伴って近づいてくる。最初、三助は自分がこっそり神社に来たのを見つけて四人の男が追って来たものだと思った。こんな神様ならこわくないが、四人の男に非道い眼にあわされるのはこわい。神様た汚したと云うのだから、うっかりすると殺されるかもしれない。神様のお宮のなかに坐って三助は手を合わせ心のなかで念仏を唱え始めた。

　このとき、扉の外で老人の声がした。三助は吃驚して念仏を止めた。老人は尤もらしい声でこう云っているのである。

　――勿体ない神様、どうぞ手前共の願いをお聞き下さいまし。このたび、この里に、三助と申す性根のよくない男がやって参りまして、お伊勢さまの御神体は鏡だの何のと申しまして、神様を莫迦にいたしております。まことに不埒千万な奴でございます。手前共は神様が神風と一緒に空から降りてお出でなさいました神通力をよく存じております。もし三助奴《め》が参りましたら、ひとつ、こっぴどくやっつけて下さいまし。お願いでございます。

　三助がそっと節穴から覗くと四人の男は土の上に坐って頭を地につけて頼んでいるのであった。これを見ると三助は急に可笑しさが堪え切れなくなって思わず吹き出した。吹き出してから、自分の失敗に気がついて、冷汗三斗の思いで再び覗くと、外の四人は、顔を見合わせて世にも恐ろしそうに震えているのである。三助は妙な糞度胸を決めて押し潰したような低い声で云った。

　――汝等の願いは心得た。

　外の四人は擦傷が出来るぐらい額を地面に押しつけた。

――その替り、このごろはうまいものが喰えなくて往生している。どうせこんな山奥にはろくなものはあるまいが、見つくろって供えるがよい。

――畏まりました。必ずお供えいたします。

四人は震え声でそう答えると、また何遍も頭を下げて戻って行った。

翌日から、三助は何喰わぬ顔で里人の家を訪ねては商売を始めた。今度は自分の方から、お伊勢さまの「御神体」がはるばるやって来られたそうでまことにお芽出たいことで、と云う。大抵の里人は広い世間を知っている三助が感心してくれるので、むろん、悪い気はしない。二つ買うものは三つ買う、と云うことになる。三助の商売は予期しないほどの上首尾であった。挙句の果てには夜分お宮に出かけていって、供えてあったものを鱈腹喰えるのだから、三助としてみれば一年でも二年でも逗留したい気持であった。夜、抜け出すにも、カネ婆さんは耄碌しているので至極都合が良かった。しかし、この三助にも判らないのは一体どうして傘がこんな山奥に飛んで来たか、と云うことであった。尤も、深く穿鑿《せんさく》する気はなかったのである。

一方、黒助老人も三助が案外おとなしいので、ほっとした。それに神様に絶対の信頼を置いているので、内心天下泰平であった。

こんな具合でざっと十五日ばかり経ったころである。ある日お詣りに行った女の一人が柏

手を打って拝んでいると、

——これこれ、女ご。

と云う声がした。女は仰天して土下座すると、

——わしは神様だが、里の話の判る者を呼んで参れ。

と云う声がつづいて聞こえた。間違いなく堂のなかの神様の声である。女は、息を切らせて黒助老人の家に走っていった。それを聞くと、黒助老人はもう一人の老人に同道を願い、二人着物を改めてお宮に向った。神前に額づくと神様は待ち構えていたようにこう云った。

——おう、よく早く参った。他でもない。これより三日目の夜、この里中で一番美しい娘を供えるがよい。この願いを聞き入れぬときは、車軸の如き雨を降らして、穴里の村を押し流してしまうぞ。

へえ、と二人は仰天して平伏した。

神様の命令とあれば、拒むわけにはいかない。しかしこの命令はどうも簡単には片付けられぬ。黒助老人と云えどもいい智慧は浮ばない。その日、早速、村中の人間が集って評議した。

——美しい娘と云うと誰だろう？

——赤鼻のうちの娘はどうだ？

――いや青市の娘の方がいい。

と話しあっていると、娘と云う娘は身も世もないほどに悲嘆にくれるのであった。何しろ娘たちの何れも、自分が一番美しいと信じ込んでいたのだから、無理もない。村人たちも、泣き悲しんでいる娘のうちの一人を候補として挙げるのは気がすすまない。三日目の夜だから、明日もう一度相談しよう、と云うことになって一同は解散した。

その夜のことである。赤鼻と呼ばれた男がこっそり神社の方へ出向いて行った。これは傘が初めて落下したとき傍へ寄ってみようと云い出した短気な男である。また、黒助老人と四人でお詣りしたときの一人である。酒飲みで鼻が赤いから、ひとは本名を呼ばずに赤鼻と云っている。娘がいて、村のなかでは美人に属する方だから心配は一方ではない。だから、夜分こっそり神様にお願いして、自分の娘は除外して貰おうと思ったのである。

心せくままに夜道を神社の方に歩いて行くと、神社の方角で何やら、噓でもしたような声がしたので思わず足がすくんだ。しかし、神様が噓をするわけはあるまい、さしずめ、村人の誰かがやはり自分と同じ願いでやって来たのだろう、と思って足音をひそめ神社の森に入った。ちょうど月が出ていて暗いながらも、ものの姿が見える。樹立にかくれて、そっと覗くと、本殿の前に人の姿が黒く見える。しかし拝んでいる姿でなく、何やら妙なことをしているらしい。

「不思議に思って樹立伝いに近づいて行くと、何と不届千万にも、神様にお供えしたものを懐に押し込んでいるのである。赤鼻は眼を丸くした。月の光でよく判らないが、どうも旅商人の三助らしい、と思った途端に彼は飛び出して行った。

三助は驚いたどころの話ではない。いままで、夜分、神社に来るものなぞ皆無であった。この晩は、供物をもって帰って、布団のなかでゆっくり喰ってやろうと思っていた。むろん誰か来るとはちっとも考えていなかった。いままで巧く行きすぎたので油断したせいもある。しかし驚き慌てるより先に、赤鼻が猛然と三助を擲《なぐ》りつけたから、三助は簡単にひっくり返ってしまった。何しろ、穴里自慢の神様の供物を奪った人間だから、憎んでもあまりがある。それに赤鼻は神様に願掛けに来たのだから、この泥棒をこらしめて神様に認めて貰いたい気もある。

——神様、この通り不届者はこらしめましたから、何卒私の娘はお許し下さいまし。

と、赤鼻がお願いしているころ、三助は踏んだり蹴ったり擲られたり、と云うわけで足腰が立たずに呻《うな》っていたのである。赤鼻の方は神様が返事しないので不安であった。しかし、ひとまず気持が落ちついたので帰ることにした。帰りぎわに、呻っている三助にこう云った。

——この泥棒め、明日までこの村にいたら、それこそ承知しないぞ。

しかし、三助はそれに返事する気力もなかった。

翌日、再び里人は寄り集った。しかし、話は依然として容易に決まらない。むろん、赤鼻も出席していたが彼は昨夜のことについては一言もふれなかった。三助をこらしめたことを大いにしゃべりたい気がしたが、何故神社に行ったのか、と訊かれると困ると思って何も云わなかった。

集った人間たちは、なかなか決まらないので、次第にやけっ鉢になって、

——何しろ、こう云っちゃ申訳ないが、あの神様も、お姿がお姿だからたいへんだよ。

——さよう、異なところがあるからな。

——娘っ子なんぞ、一辺に突っ殺されるかもしれないね。

なぞと話しあっていた。

そこへカネ婆さんが一枚の紙きれをもってやって来た。泊まっている三助が荷物もろとも姿を見せない。三助の枕元にこんな紙があったから持って来た、と云うのである。黒助老人が紙を受取って仔細らしく眺めた紙にはこう書いてあった。

——穴里の莫迦野郎たち。傘とも知らずに神様だと思っている大間抜けめ。二度とこんなところに来るもんか。神様はこの俺様だ。

老人は傘と云う字が読めなかった。だから全体の意味がよく判らない。

——ふむ、何やら三助の奴は神様のお咎めを受けて、逃げ出したらしい。あいつはもともと

と腹黒い奴だからな。

　と云ってごまかしてしまった。尤も老人たちにとっても、気になる三助がいないのは都合がよかったのである。赤鼻は、擽《くすぐ》ったい顔をしていた。

　ところで、どの娘を捧げていいかなかなか決まらずにいたとき、ここに奇特な女が一人現われた。数年前に亭主を失って目下一人暮しの、かなり美人のお色気たっぷりの後家さんである。この後家さんが、

　――神様の仰せとあれば拒むことも出来ませんでしょう。と云って、若い娘さんたちは可哀そうだし、ひとつ、あたしが身替りに立ちましょう。

　と申し出たのである。一同が喜んだのは云うまでもない。なかには、いや、娘さんよりも後家さんの方がずっと神様のお気に入るよ、と云うものも多かった。すると後家さんは、何なら明日の晩まで待たずに今晩からでもお宮に行きます、と云って皆を驚かせた。却って一同が、神様の仰せ通り、三日月の夜まで待った方がいいだろうと宥《なだ》めるのに骨折った始末であった。

　さて、当日になると後家さんは入浴して身体を潔め、念入りにお化粧をすませた。この姿を見た里の男どもは例外なく、神様はうまいことをした、と思わないわけにはいかなかった。

　夕刻になると里人の心尽しの御馳走を充分に食し――と云うのは腹が減っては戦さが出来

ないからだが——終ると、先頭に黒助老人を立てた行列が静静と神社に向って進んで行った。後家さんは黒助老人のうしろに立って、うつむき加減に、何やらしおらしい恰好で歩いていた。神社につくと、黒助老人が神様に報告した。

——御約束通り、美しいおなごを連れて参りました。どうぞ手前どもの村を末永くお守り下さいまし。

一同うやうやしく拝礼した。しかし、予期に反して神様は何も答えない。仕方がないので、後家さんに別れの言葉を告げ、励ましたり慰めたりしたあげく、一同は引上げてしまった。

誰もいなくなるとさすがに森に包まれた境内は淋しい。後家さんは本殿の扉の前にちゃんと坐って、早く神様が呼んで下さらぬかと待っていた。堂堂たるものであった。しかし、内部からは、うんともすんとも云わないのである。こんな心細い話はない。と云って、まさか女の方から、神様のところへ入って行くのも失礼である。

そうやって二時間ほども経つと、後家さんは待ち草臥れて相当腹を立ててしまった。怒りながら、あちこち眺めていると、山寄りの森のなかから、誰か近づいてくるのが、月の光で見える。村の人間は大体、夜分はお宮に近づかない。況《ま》して今夜は来る筈がない。化物かしらんと後家さんが怖気を振ったとき、近づいた人間が小さな声で、

——おや、お千《ち》かさん。

と云った。

気がついてみると行商人の三助である。一人で淋しかったから、三助を見ると急に嬉しくなった。

――まあ、どうしてこんなところに。お前は何かよくないことが出来て帰った筈じゃなかったのかい？

と訊くと三助は逆に、

――神様はまだ呼んでくれませんか？

と訊くのである。神様の前に坐っているとは云うものの些か腹が立っていたので、彼女は神様の薄情を三助に訴えた。

すると、三助が即座にこう云った。

――それじゃ、ひとつなかに入って、神様の様子を見ようじゃありませんか。眠りこけて忘れていられるのかもしれないからね。

そんなことをしていいものかどうかを考えるより先に、三助はもう扉を開いて後家さんを手招きしている。後家さんも、ついふらふらとなかに入った。すると三助が扉を閉めた。

それから暫くのあいだは本殿のなかから、何やら小声でひそひそと語り合う声が聞こえていた。が、やがて急にひっそりしてしまった。

どのくらい経ったか判らない。が、まだ夜明けには大分間があると思われるころ、急に、本殿のなかから、三助が勇ましく出て来た。つづいて後家のお千かさんも出て来た。お千かさんも、至極機嫌がよかった。

——さあ、夜の明けないうちに、こんな山奥を逃げ出そうぜ。

と三助が云うと、お千かさんは、

——そうさ、早いとこ逃げ出そうよ。

と、威勢よく合槌をうった。二人揃って歩き出した、と思ったとき、お千かさんが急に立ち止まった。

——あいつ、見かけ倒しで、ほんとにつまらない奴だね。ひどい目にあわしてやらなくちゃ。

と叫ぶと、何を思ったか、また引返して本殿に駈け入った。

4

朝になると、穴里の重立った連中は打ち揃って、果して神様は御満足が云っただろうか、後家さんは元気だろうか、と、おそるおそる様子を見に行った。先ず、本殿の扉が開いたまキなのが、遠くから見えた。

一同は吃驚した。

駈け寄ってなかを覗くと、驚いたことに、神様のお姿がない。

後家さんも見えない。

——はて、これは一大事。

と、黒助老人が口走ったとき、一人の男が頓狂な叫び声を発した。

——あれは何だ？

見ると、本殿の傍に妙なものが捨ててある。最初はよく判らなかった。しかし、よく見ると、何とそれが「御神体」であった。原形を保たぬほどに引裂かれ、へし折られていたのである。

折角、遠い和歌山から熊本まで飛んで来て、神様とまでなられた観音さまの傘も、かくして気の毒な最期をとげたのである。

一同はいずれも土下座し、口をポカンとあけていた。腰が抜けてしまったのである。それに、何か云おうと思っても、ものが云えないのであった。

だから、むろん、このころ三助と後家さんが何の弾みか意気投合して、穴里から逃げ出して行く最中だなんて、夢にも思いつかなかった。

初太郎漂流譚

1

天保十二年（一八四一年）、と云うからいまから百三十年近く前のことであるが、この年の八月、当時兵庫西宮にあった廻船問屋中村屋伊兵衛の持ち船が兵庫を出帆した。船の名前は永住丸と云って、千三百石積みと云うから相当大きい。これに、塩、砂糖、線香、酒、豆、米など積み込んで、奥州南部に向かって船出したのである。

乗り組み員は船頭善助ほか十二名であった。

途中、浦賀の湊で役人の取り調べを受けたあと、土地の船問屋に豆を七十俵水揚げした。それから風の都合で引き返したりなぞして、犬吠埼の沖にかかったのは十月十二日の夕方であった。そのころ、沖合いの風が思わしくないので暫く様子を見ていると、夜になって急に西北の風が激しく吹き出した。風が強くなると同時に逆波も高くなった。帆を降ろしてしばらくしのいだけれども、風は強くなるばかりでやみそうにない。船に危険が感じられたので、積荷の一部を海に捨てた。しかし、翌日になっても風はやまない。一同力を合わせて水を汲み出したり、また荷物を捨てたりした。しかし、事態は悪化するばかりである。

とうとう、十四日の夜になって、「おみくじ」を引くことにした。船には神様が祀ってある。この神様に、おみくじを奉納してそれを引くのである。一同、この急場を切り抜けるための方法をいくつか書いた紙を何枚も神前に供え、熱心に祈念したあとその一枚を引くと、

——帆柱を切るべし。

と云うおみくじが当たった。

そこで利三郎と云う者が斧をもって櫓の上に登り、帆柱に斧を打ち込んだ。柱の三分の一ばかりに切り込んだら、激しい風のために帆柱はぽっきり折れて海に落ちた。それから舳《へさき》のほうに碇《いかり》を二つ下ろし、太い綱で締めた。船が遠く流されないようにしたのである。

船に初太郎と云う十八歳の若者が乗っていた。船頭の善助がこの初太郎に残っている米を調べさせると、三俵しかないことが判った。これから先のことを考えて、その日から十三人の一食分として米一升を粥にして食うことにした。先のことを考えて、と云っても、これからどうなるのかさっぱり判らない。ただ、念仏を唱えるほかはない。

十九日の朝になるとようやく風が少しおさまったから、一同ほっと一息ついていると、二時間ばかりして今度は前より激しい風が吹き始めた。そればかりか雨も激しく降り出した。激しい雨のために視界はまったくきかない。船は雨に打たれ風にもまれながら、流されて行

く。そのうちに雨はやんだけれども、風は一向に衰えない。こんな状態が十一月初旬までつづいた。

そのころになると、船は風浪に傷めつけられて外艫《そとども》はこわれてしまう。舳のほうも破れてくる。まことに惨めなありさまになった。七つあった碇も二つしか残っていない。食糧も、米はほとんど食い尽くしたので、積んであった酒、砂糖などを少しずつ用いた。伊之助と云う男は酒好きな人間だったが、このときばかりはあまり嬉しそうな顔はしなかった。

——でっかい握り飯が食えたら、死んでもいい。

と云った。

それに飲料水も乏しくなっていたから、のどが乾かぬようになるべく塩分をとらぬことにした。しかし、塩分をとらぬから、身体が充分働かない。一同、なんとなくぐったりして神仏に祈るばかりであった。

しかし、その年も暮れて翌天保十三年になると、冬の間荒れ狂っていた風も峠を越したらしく静かな日が多くなった。船はどうやら南東の方向に流されて来たらしいが、島影も見えず、どちらを向いても果てしない海ばかりである。たまに島かと思って一同跳び上がることがあったが、それは雲にすぎなかった。心細いことこのうえないのである。

それでも、海の静かなときは、帆を縫う針を曲げたやつに、鹿の角だとか松の節などを餌らしく加工したものをつけて、鰤だとか鰹を釣って食糧にした。たまに鳥を見ることがあったが、それは信天翁《あほうどり》ばかりであった。海の色は、ときには黒くなり、ときには青くなる。しかし、それだけのことで、ほかには何の変化もなかった。

一同はときおり、こんな話を交した。

どうやら、日本からかなり遠く離れたところまで流されて来たらしい。日本にすぐ帰れるとは思えない。しかし、三月になったら、鰹を多く釣って食糧として、何とか帆をつくって、東南の風にのって西北方へ向かってみよう。そうすれば運よく日本に近づくことができるかもしれない。

あるいは、こんな話もした。

これほどひどい難儀にあったのに、一人も病人が出なかったし、事故で死んだ者もいない。これはきっと神仏が守ってくださったに違いない。食糧には乏しいがときどき大きな魚が釣れて助かっているし、また、ときには雨が降って渇を癒やしてくれる。この様子ではきっと帰れるに違いない。お互いに力を落とさぬようにしようではないか。

彼らとすれば、そんな話をして前途に希望をつなぐほかなかったのである。

ところが犬吠埼の沖合いで流されてから百二十日ばかり――と云うからずいぶん流されたものだが――たったころ、つまり二月中旬になっていたころ、ある日、櫓の上に登って四方と眺めていた初太郎が突然頓狂な声で叫んだ。

——船だ、船が見えるぞ。

その声に、一同が初太郎の指す方を見ると、まぎれもなく一艘の船が遠くに見えた。

——はてな、と善助が首をひねった。こんなところで見かけるとは異国の船かもしれん。用心が大事だぞ。

しかし、なかには薩摩から琉球に通う船かもしれない、と云う者もいた。そのうちに先方の船がしだいに此方に近づいて来るのを見ると、帆柱二本に補助の帆柱三本もある、帆数の多い船である。

——やれ、異国船じゃ。

どうやら、善助の予想通り異国の船と判った。そう判ってみると、一同は急に怖くなった。それから、しばらくこっちの様子をうかがっているらしかったが、そのうちに小舟——つまりボオトだが——を二艘下ろして漕ぎ寄せて来た。

二艘の小舟にはオランダ人みたいな人間がそれぞれ五人ずつ乗っていて、鉄砲も五、六丁ずつ載せてある。漕ぎ寄せて来た小舟は永住丸の四囲を二、三度まわったと思うと、その連中はとうとう船に乗り込んで来た。

――このうえは殺されぬように、ただ、神妙にしていることだ。

と善助が云ったから、一同その異国人のほうに向かって両手を合わせて拝む恰好をしていた。連中にしても、船の破損の状況や、乗り組み員のやつれ果てた様子を見て、だいたいのことは判ったと見える。言葉は通じないから、手真似で向こうの船の方を指して、飲み食いする恰好をして見せた。

――あの船に来たら、飯を食わせてくれると云っているようだ。

と、利三郎が云った。しかし、一同はまだ異国船に移る決心がつかない。ところが、異国人どもは勝手に船に残っていた酒とか砂糖を小舟に積み込み始めた。一艘の小舟が何度も往復して、酒四十樽、砂糖十七樽その他をすっかり持ち去ったときは、みんなひどくがっかりした。

2

永住丸の乗り組み員にしても、積荷を勝手に持ち去るのを黙って見ているつもりはなかったが、何しろ、疲れているから、それに危険だから、阻止することができない。結果においては、黙って見ていたことになる。そうなると、先方の云う通り異国船に移るほかはない。

酒と砂糖をとられては船には食糧は何もないのである。

——やれやれ、情ないことになった。

仕方ないから、それぞれ僅かばかりの身の回り品をまとめて、異国船に乗り移った。その船の上には親分と思われる髭面の大男がいて、十三人の日本人を珍しそうにじろじろ見た。それから何か云うと、一同は広い部屋につれて行かれて、そこで米を煮たものを与えられた。それから、何か野菜の塩漬けみたいなものも出された。何しろ、もう百日近くも米の顔を見なかったので、一同はこれを貪り食った。これまで、ああ飯が食いたい、とか、飯を食った夢を見た、と話し合っていたほどだから、一同もこんなうまい飯は生まれて初めて食ったと思った。

いままで乗って来た永住丸の方を見ると、破れ損じてたいへんなぼろ船になっていることが判った。

——乗っていてはそうも思わなかったが、なんとも浅ましい船だ。

と、利三郎が云うと、船頭の善助がたしなめた。

——そんな恩知らずのことを云うではないぞ。

尤も、そう云ってから善助は笑った。

——だが、なるほど、ひどい船になったな。

一同の助けられた船は長さ十三間ばかりで、帆の数は十ばかりある。ボオトも三艘ほどあって、オランダの船に似ていた。しかし、これはあとになって判ったのだが、この船はイスパニア（スペイン）の船であった。乗り組み員は三十人ばかりいたが、主だった者はイスパニアの人間で、その他の船子はイスパニア領マニルラ（マニラ）の者だと云うことであった。この連中は髪も黒く、眼玉も日本人のように黒かった。

この船に乗ってから、一同十三人は、二組に分けられ、艫と艫におかれて船の雑事に使われるようになった。最初のうちは三度三度食事を与えてくれたが、そのうち食糧が欠乏したのか、二度しかくれなくなった。それればかりか水にも乏しくなったのだろう、日本人には水を飲ませないのである。

しかし、このなかで初太郎はなかなか気がきいていてよく働くと云うので、ときどき水を貰う。それを初太郎は艫にいる六人の仲間に分けてやった。

イスパニアの船員は、働かない人間を綱で打ったり、太い杖で打ったりした。言葉がよく通じないから、なかなか先方の命令が判らない。ぼんやりしていると、殴るのである。

それでも、初太郎のいる組はまだ良かった。艫の方の六人はかなりひどい目にあったらしい。この組には要蔵と云って、朴訥な男がいたが、食事は充分でない、水はない、と云うわけで疲れ果てて、船底に行ってこっそり休んでいた。そこを見つけられて連れ出され、さんごん打たれた。

　こうなると一同、助けられたときのことは忘れて恨めしい気持ちになったとしても止むを得ない。

　しかし、一同が感心したのは、この異国船は永住丸に比べるとはるかに速かったことである。その速い船で六十日も航海したころだったかもしれない。ちょうど四月中旬と思われるころ、船は陸地に接近した。なんでもだいぶん大きな陸地であった。陸地に近づいた船は、陸から三、四町ばかり沖で碇を下ろした。

　初太郎が見ると、陸地は一帯の砂浜になっていて、浜辺から五、六町先から山になっている。しかし、そう高い山ではない。船員たちはボオトで陸地に上がって行く。山の少し手前に白い壁の人家がいくつか見える。みんなそっちのほうに歩いて行く。それから、陸地からもボオトで船にやって来る人間がいた。その人間たちは、船員たちと何か話しながら、日本人の方を見る。どうも、いい気持ちではない。

　――いったい、何事だろう？

　――食糧とか水を積み込みに寄ったのだろう。

　一同は、そんなことを話していた。

　ところが、その夜になって意外なことになった。と云うのは船員がやって来て、艫の組の七人にボオトに乗るように命令したのである。七人とは善助、初太郎、弥一郎、多吉、利三郎、伊之助、総助である。尤も、初太郎には船に残るように手真似した。しかし、初太郎はなんとなく気がかりで、仲間と一緒に行くことにした。

——お前は残れと云われているから、残るがいい。

と善助が云った。初太郎は肯かなかった。夜分、ボオトに乗れと云うのも変だが、何か積荷でも運ばせるのだろうと思っていた。ところが、七人が上陸するとボオトは引き返そうとするのである。七人の者は吃驚仰天した。何しろ、まったく未知の土地に、夜中に置き去りにされてはたまらない。

——お願い申します。

——助けてくだされ……。

と、口ぐちに叫んでボオトにとりすがると、船員は杖を振り上げて殴る。そのうちにボオトは次第に遠ざかってしまった。しばらくすると、本船が碇を上げる音が聞こえて、それから、帆を張るのが夜目にも見えた。帆に風をはらんだ船は、見る見る遠くなってしまった。浜辺に取残された七人は、呆然としてそれを見ていた。そのうち、多吉と云う男は浜辺に膝をつくと声をあげて泣き出した。多吉が泣き出すと、つられて泣く者が二、三人いた。

——云わぬことではない、と善助が初太郎に云った。お前は船に残ればよかったのだ。

そのころ、初太郎はすでに大いに後悔していた。しかし、彼は元来陽気でくよくよしない性質だったから、これはこれで仕方がない、と思うことにした。問題はこれからどうするかと云うことだろう。これは船頭の善助も同じ考えだったらしい。

――皆の衆、泣いていても始まらぬぞ。この先どうするか、これが思案のしどころだ。

初太郎はそれに続いて、昼間、白い壁の家が何軒か見えたから、まずあそこへ訪ねて行って助けてもらおうではないか、と提案した。いつまでも浜辺にいても、何もいいことはない、と云うのである。善助はそれに賛成したが、残る五人がそれに反対したのは意外であった。

3

五人の反対の理由と云うのは、黒船の船員が邪険な人間だったから、きっとこの土地の人間も腹黒いか、昼間船員と土地の人間と何やら話しあっていたのは、置き去りにしたわれわれを土地の人間に殺させようとするのに違いない。だから、のこのこそんなところに行って、せっかくの生命を捨てるのはつまらない。今夜はこの浜辺で夜を明かして、明日になって様子をよく見た上で善処しよう、と云う。

最初に泣き出した多吉なぞは、さんざん海上でひどいめにあったと思ったら、こんな異国に捨てられてしまう、所詮、助からない運命なのだろうか、と云ってまた泣き出した。図体の大きな多吉が泣くのは恰好が悪いが、このときは恰好なぞ気にしていられない。実際のところ、初太郎だって多吉の泣き声を聞いていると、なんとなく心細くなる。

すると、善助が云った。

——たとえ殺されるにしても、こんな未知の土地ではどこへ逃げても同じことである。よしんば、今晩一晩助かったとしても、明日殺されるなら同じことである。とても助からぬ生命と云うならば、一晩生きのびたところでなんにもならない。こんな浜辺でくよくよしていても始まらない。殺されるものなら、いっそのこと早く殺されたほうがましではないか。

しかし、この意見に賛成したのは初太郎一人であった。そこで、善助と初太郎の二人だけで人家のあるほうに行くことにした。土地の人間が幸いに親切だったら、浜辺に迎えに戻って来る、戻って来ないときは殺されたものと思って、みんなも覚悟して欲しい、と云い残して出かけた。

月が出ているから、道はだいたい判る。二人は黙って夜道を歩いて行った。心臓がどきどきするのが判った。三町ばかり行くと、話し声が聞こえる。

——どうだ、と善助が初太郎に云った。いっそ、こっちから先に声をかけてみるか？

初太郎もそれに賛成して、

——こんばんは。

と声をかけた。日本語で「こんばんは」と云ったところで通じる筈はないが、他に何と云ってよいか判らなかったのである。

ところが、先方も何とか言葉を返した。それから、両方が近寄って月明りで互いに相手を認めた。途端に、先方はひどく驚いたらしかった。一人は背の高い異国人で、一人は背が低く肥っている。二人は何か話し合っていたが、やがて、ついて来いと云う身振りをした。

善助も初太郎も覚悟は決まっているから、そのあとについて行くと、一町ばかり行ったところに人家が二、三軒ある。その一軒の家の外に少し高くなった広い床があって、そこにオランダ人みたいな恰好をした人間が二十人ばかりいた。

その連中も善助と初太郎を見ると吃驚して、矢鱈に話しかけたい仕草をする。二人は漂流してこの土地に置いてきぼりをくった次第を、いろいろ身振り手真似で知らせた。うまいぐあいに連中になんとか通じたらしい。一人の男が水を持って来て、二人に飲ませてくれた。どうやら殺される心配はなさそうなので、二人とも、ほっと一息ついた。

それから、連中の一人が身振りで、お前たちはどこから来たのか？　と訊いているらしいので善助は「日本、日本」と云った。続いて初太郎が「ハポン、ハポン」と云うと、連中は大声でハポン、ハポンを繰り返して笑った。初太郎はイスパニア船に乗っていたとき、日本のことをハポンと云うらしい、と知ったのでそれを応用したのである。

善助が手真似で、浜辺に五人残っていることを伝えると、最初に道で会った肥って背の低い男が、そこへ案内しろと云う恰好をした。

浜辺にいた五人は、二人の無事の姿を見て、たいへん喜んだ。一緒に来た肥った異国人に向かって両手を合わせて何遍もお辞儀をしたりした。それから揃って先刻の家のところまで行くと、二十人ほどいた人間はいなくなっていた。寝に行ったらしい。
二、三人の男が、近くの大きな樹の下に牛の皮を二、三枚敷いて、一同に向かってそこに寝るようにと合図した。暦の上では四月中旬なのに、日本の七月ごろの気候で、戸外に寝ても暑いぐらいである。そのくせ、蚊がいないのはありがたかった。
初太郎はぐっすり眠り込んで知らなかったが、多吉や伊之助ら数名はおちおち眠れなかったと云う。と云うのは、夜中に何の用事があるのか、二、三人の男がたびたび近くを行ったり来たりしたのだそうである。

——今度は殺しに来たか、とそのたびに怖ろしくて、怖ろしくて……。

——うん、俺も気がついていたが、あれは何であったのだろう?

彼らはそんな話をしていた。

あとで判ったのだが、そこは家畜が沢山おいてあるところなので、夜中に交替で見回りをしていたのだそうである。

朝になると、二軒の家から女が三、四人出て来た。七人の日本人を珍しそうに見ていたが、やがて、三人と四人の二組に分け、それぞれ二軒の家につれて行った。しかし、家のなかには入れなかった。軒のところから葭簀《よしず》みたいな日覆いが出ている下に、牛の皮を敷いて、そこで黒い飲み物をくれた。

——コッピィ、コッピィ。

と、女の一人が云った。初太郎は女が砂糖を入れてくれたコッピィを飲むと、珍しい強い香りがして、甘いけれども、なんとなくしつっこい味がした。初太郎はそれでも全部飲んだけれども、善助は口をつけてすぐやめてしまった。もう一人いた利三郎は、

——なんとも不思議な味だ。

と半分ぐらい飲んだ。

それから昼ごろになると、とうもろこしでつくった餅——と云うのはパンのことだが——と、塩漬けにした獣肉と、芭蕉の実を食べさせてくれた。芭蕉の実と云うのは、つまりバナナのことである。初太郎はこれが大いに気に入った。

食事が終わってから、初太郎は善助と二人で、家を見物してまわった。彼らの食事した家は日本の土蔵みたいな造りになっていて、間口五間、奥行四間、高さ一丈ばかりの家で、壁

の厚さは三尺もあった。屋根は萱葺きのように見えた。戸口から覗いて見ると、なかは土間で、板の床の上に更紗《さらさ》木綿の蒲団がのせてある。そこで寝るらしい。そのほか、机、椅子のごときものはあるが、家具らしきものはあまり見当たらなかった。

4

白壁の母屋から、少し離れたところに別棟がある。行ってみると、それは台所らしかった。土で作った竈《かまど》があって、鉄の平たい鍋とか、焙烙《ほうろく》のようなものがおいてある。

初太郎が覗いたときは、一人の色の黒い女が鉄の鍋を火にのせて、何か焼いていた。初太郎の方を見て、笑って何か云ったがむろん初太郎には判らない。すると、女は鍋のなかのものを、鉄のしゃもじのごときものにのせて差し出した。

初太郎が礼を云って頬ばると、何の肉か判らぬが肉のようなもので、なかなかうまかった。そこで、お辞儀をして、

――グラシ。

と云ってみると、女は奇声を発して喜んだ。イスパニアの船に乗っていたおかげで、初太郎はこのグラシの他に、シイ、ノオ、などの言葉を憶えた。初太郎はグラシ（グラシアスを

こう憶えたのだが）を、有難きしあわせ、大きに有難う、と云う意味に解釈した。シイは、さようでござります、その通り、ノオは、然《しか》らず、駄目、と解釈していた。見たところ、この土地の人間はイスパニア人と違って日本人に近い顔つきをしているのに、言葉はイスパニアの言葉が通じるらしい。そう思って初太郎は不思議な気がした。ところで、奇声を発して喜んだ女は、初太郎が異国語に通じていると勘違いしたのか鳥がさえずるようにぺちゃくちゃ喋り始めたから、初太郎は面喰って逃げ出した。

向こうの方で善助が手招きしているので行ってみると、木の柵をめぐらした囲いのなかに、豚や羊が沢山飼われていた。しかし、善助は家畜を見物していたのではない。柵に凭れて考えごとをしていたらしい。

――いったい、これから先、どうなるのだろうか？

と初太郎に云った。

――ほんとに、どうなるのであろう？

初太郎も心細くなった。初太郎は阿波の徳島の生まれで、郷里の岡崎村には父母が初太郎の帰りを待っている筈である。船が流されたと云うことを知っているであろうか？　しかし、こんな遠い異国に流れて来ているとは、夢にも考えないだろう。いったい、いつ、懐かしい父母のいる日本に帰れるだろうか？

初太郎が考え込んだのを見ると、善助は話題を変えた。

——今朝方、男たちが羊を二、三十頭つれて出かけて行ったが、どこに行ったのだろうか？　どこかに村でもあって、そこに売りに行ったのだろうか？

——そうかもしれない。しかし、よく見ると、ここには家が二軒しかないようだ。どうやら、この二軒の家は家畜を飼っていて、昨夜見た二十人ばかりの男たちは、みんなその世話をしたり、売買をしているらしかった。善助はその土地を漠然と、アメリカと云うところかも知れぬ、と云っていたが、あとになって、そこは、アメリカはアメリカでも、ハハ（バハ）・カリフォルニアのカボサンロカと云うところだと判った。つまりメキシコ領カリフォルニア半島の西海岸である。

メキシコがスペインから独立したのは一八二一年だから、初太郎たちが流れつく二十年ほど前のことである。しかし、むろん初太郎やその仲間はそんなことは一向に知らなかった。

七人の日本漂民はこの土地に二日ばかりいた。朝はコッピィに砂糖を入れた奴を飲み、食事は昼と晩と二回とる。この二日間、七人は何もせずにぶらぶらしていられた。しかし、何もしないでいると、遠い故国のことばかり考える。たいてい、木の陰に坐り込んで頭を垂れてじっとしていた。

三日目の朝になると、男たちが忙しく浜辺の方へ荷物を運んで行く。荷物と云うのは、干した肉とか豚とか油である。

七人の者にも浜辺に行くように身振りをしたので、前に置き去りにされた浜辺に行くと、沖に一艘の船が停泊していた。二百石積みばかりの船である。前のイスパニア船と較べると、ずいぶん小さい。しかし、船底の方は銅で包んであって、ちゃんと異国船らしく二本の帆柱を立てていた。

置き去りにされた晩、善助と初太郎が夜道で会った二人の男の肥ったほうが、七人に船に乗るようにと手真似して、七人は小舟で船に運ばれた。

どうやら、その肥った男ともう一人ののっぽが二軒の家の主人と思われた。のっぽは砂浜に残って見ていたが、肥った方は七人と一緒に船に乗り込んだ。船には船頭の他に船子が四人ばかりいる。

船が帆を張って波の上を滑り始めると、浜辺にいるのっぽや他の男たちが手をふった。七人の日本漂民も手をふって別れを告げた。

肥った男は大きな口髭を生やしていたが、その髭をつまみながら、身振り手真似でこんな意味のことを云った。

――お前たちは、これからある町に行って、そこで調べを受けた上で、お前たちを引き取りたい、引き取って使いたいと云う者があれば、その家に行くことになるだろう。

たぶんそんな意味のことを云ったのだろう、と初太郎は解釈した。あるいは、イスパニアの船も、悪意があって七人を置き去りにしたのではないかもしれない。先方には先方の都合もあって、七人の漂流民を降ろしたのだろう。あるいは、その土地の人間なら、七人の面倒を見てくれると思って、置き去りにしたのかもしれない。

善助がやはり身振りで訊いた。

――それでは、われわれは、いつになったら日本に帰れるのであろうか？

――それはその町へ行ってからの話だ。いま、訊かれても答えられない。

それはその通りであろう。しかし、これからどんな町に行くのか、その先どうなるのかと考えるとやはり心細い。七人が何やら浮かぬ顔をしていたのも無理はない。

船は左に陸地――カリフォルニア半島を見ながら南下した。陸地の奥のほうには山が連なっていて、ときどき、高い山も見えた。

三日目の朝、船はある浜辺の沖に碇を下ろした。そこで、七人の者は船を降りた。肥った髭の男は七人の者に、暫くそこで待つようにと合図すると、浜辺から少し上がったところにある白壁の家の方に歩いて行った。その家に入って行ったと思うと、今度はその家から馬に乗って丘を上るとどこかに行ってしまった。浜辺には、船の乗り組み員が二人一緒にいる。見張りしているのかもしれない。

——あのひとはどこへ行ったのか？

初太郎が身振りで訊くと、一人が云った。

——サン・ホセ、サン・ホセ。

5

二時間ぐらい待ったと思われるころ、向こうの丘の方から、一団の人馬が浜辺に下って来た。馬に乗っている人間が三人と、誰も乗っていない馬が五頭である。尤も、乗っていない馬にはそれぞれ人間が一人附添っていた。三人の男の一人は例の肥った髭の親爺で、あとの一人は鍔の広い帽子を被っていて、色が白かった。イスパニア船にいたイスパニア人に似ていた。

髭の親爺が、二人の男に七人を示して、

——この連中である、なにぶんよろしく。

と云う恰好で何か云うと、二人の男もそれに答えて何か云ったが、それはその場の様子では、

——承知いたした、お引受した。

とでも云ったものらしかった。髭の男は七人の方を見ると、白い歯を見せて何か云った。元気でやるがいい、と云ったようなので、初太郎はみんなに礼を云った方がいい、とすすめた。日本人が彼に向かってお辞儀をすると、髭の男は嬉しそうに笑った。

——グラシ。

初太郎が一つ憶えた言葉を云うと、肥った男は何か大声で叫んで初太郎の肩を抱いたので、初太郎は男が怒って何かするのかと思った。しかし、それは髭の男がたいへん喜んでいる証拠なのであった。

鍔の広い帽子を被った二人は、七人の者に馬に乗るようにと合図した。七人とも誰も馬に乗った経験がない。しかし、どうやら附添っていた男たちに手伝って貰って乗馬した。ところが七人に対して馬が五頭しかないので、弥一郎と多吉の二人は、それぞれ、初太郎と利三郎の馬の尻に押し上げられた。

馬についている鞍は日本で見たものとあまり違っていないように見えたが、同じものかどうか判らない。それから七人は、髭の恩人に別れを告げて、丘を上って行った。

鍔の拾い帽子を被った二人の男のあとから、五頭の馬に乗った七人がついて行く。その五頭の馬の轡《くつわ》を五人の男が取って歩いて行く。五人の男は髪も黒く日本人に似ていて、二晩厄介になった家にいた男たちに似ていた。

――なあ、初太郎、と初太郎の馬の尻に乗っている弥一郎が云った。馬に乗せられて運ばれるとはどう云うことだろうか？　親切気があってのことか、それとも俺たちを罪人扱いにしているのだろうか？

――俺もよく判らない。何しろ、初めて馬に乗ったので、どうも落ち着かない気がしてならない。

二十町ばかり行ったところに、一つの部落があった。見たところ、人家は百軒足らずかと思われる。白壁の家が多い。

七人が馬で通ると、往来に立って見物する人間がいた。なかには一緒に歩いて来る者もある。往来の突き当たりのところが小さな広場みたいになっていて、広場に面した一軒の家まで行くと、鍔広帽子を被った二人は馬から下りて、七人の者にも下りるように合図した。それから、七人の者をその家のなかに引き入れた。

這入ってみると、どうやらその建物は役所か何からしく、正面の机に三人の男が並んで坐っていて、片隅に女が一人いた。

役人らしいので、七人はその三人に向かってお辞儀した。七人のことは、すでに肥った髭の親爺から聞いているらしく、例によって手真似で、これまでの経緯を簡単に訊かれたにすぎなかった。

それよりも、七人が驚いたのは、まもなく横手の戸口から二人の男がその場に連れて来られたが、見ると、それがイスパニア船に残っている筈の六人のうちの七太郎、万蔵の両人であった。両人も、七人の者におとらず驚いて、駈け寄って来ると交互に七人の者を抱いて涙を浮かべた。

——いったい、お前たち二人はどうしたのか？

と訊くと七太郎がこう云った。

例のイスパニア船がこの土地に近い浜辺に水を補給するために立ち寄った。そのとき、両人の者は暗くなるのを待って、こっそり船を抜け出し泳いで浜辺に上がって身を隠した。一晩、浜辺で過ごして、それから当てもなく歩いていると、一人の男に会ってこの町へ連れて来られたのだ、と云った。

なぜ逃げ出したのかと云うと、七人の仲間は途中で捨てられてしまうし、船では相変わらず酷い仕打ちに会う。そのうちに自分たちも捨てられるか殺されるかしてしまうだろう。いっそのこと、七人が捨てられた場所から遠く離れてしまわぬ間に逃げ出せば、七人の仲間に再会できるかもしれぬ。そう思って機会をうかがっていたと云うのである。

——残った四人の者はどうしたろう？

——さあ、どうしたろうか？

なんでも、残る四人――要蔵、安兵衛、三兵衛、宮次郎の四人は、逃げ出そうとして失敗したら殺されるだろう。そう云って同意しなかったと云う。

――無事でいればよいが……。

と、善助が考え深そうに云ったが、それはみんなの気持ちを代弁したものであった。

それから七太郎と万蔵は七人の者に、浜辺に捨てられてからどうしたのか、と訊くので、善助がその後の経験を話して聞かせて、

――まあ、お互いに無事だったのはなによりだ。

と、無事を喜びあった。

日本人九人が落ち合ったこの町はハハ・カリフォルニアのサン・ホセと云うところだそうで、メヒコ（メキシコ）と云う都の支配下にある町であった。尤も、これは後になって判ったのである。

彼らが話し合っていると、町の人間らしい連中が二十人ばかり、家のなかに這入って来た。すると、三人の役人の真ん中に坐っている男が、九人の日本人に何か云った。それから、手真似で次のような意味らしいことを告げた。

――ここに来た連中は、この町の住人であって、それぞれお前たちを引き取るつもりで来ている。だから、お前たちは彼らの家に行って、真面目に家業を手伝ったり働いたりして欲

しいのである。われわれとしては、お前たちが幸福であることを祈っている。

七人の者は前に船中で肥った髭の男からこれに似た話を聞いていたから別に驚かなかった。役人が町の連中に向かって何か云うと、その連中は九人の日本人のところにやって来て、互いに何か話し合いながら、九人を仔細ありげに眺めて、まず、そのうちの一人が善助の肩を叩いて自分と一緒に来いと云った。初太郎のところには、一人の女が来て連れて行こうとした。年のころ五十歳ばかりの品のいい色の白い女であった。ところが、このとき邪魔が入ったのである。

6

邪魔をしたのは、最初からこの家の隅にいた中年女で、三人の役人の一人の妻らしかった。彼女は始めから初太郎を引き取るつもりでいたらしいのだが、品のいい婦人が初太郎を連れて行こうとしたので、慌てて引き止めようとした。二人の女は長いこと何やら云いあっていた。

気がつくと、残っているのは初太郎一人である。一人の女が初太郎の片手をとって連れて行こうとすると、一人が別の手を摑まえて引き戻す。初太郎はたいへん迷惑した。

そのうちに、役人の一人がやって来て何か説得すると、引き止めた女の方は不承不承納得したらしく、品のいい婦人は初太郎を連れてその家を出た。そのとき、どこかで鐘の音が聞こえた。日本の寺の鐘と違って、もっと賑やかで高い音がした。これは時刻を告げる鐘であった。

その女性について一町ほど行くと、その女の家についた。間口五間ばかりの家で、白壁に萱葺きの屋根がのっている。

なかに這入ると、かなり広い家で、土間を仕切っていくつかの部屋がある。大きな机のある部屋の壁には棚があって、皿が何枚も並べてある。あとで判ったが、これは食堂であった。寝るところには、それぞれ一人ずつの台があって、その上に蒲団が敷いてあった。つまり、ベッドである。

初太郎は、品のいい婦人がこの家の主人かと思っていたが、そうではなくて、しばらくすると痩せて背の高い男が来て、これが例の女性の夫で、この家の主人であった。

五十年輩の、髭を生やした気さくな男で、名前をミゲル・チョウサと云った。初太郎はこの家に十月下旬まで、ざっと二百日ばかりいることになる。

この家には、主人夫婦のほかに、男の子が二人、女の子が三人いた。男の子は長男が十三、四歳でブラス、次男アゴステンは四歳で末っ子である。長女はアントニヤと云って十六、七歳の可愛らしい娘で、次女クララは十歳ぐらい、三女フェリスは七、八歳であった。そのほかに下男が一人、下女が二人いた。下女の一人は縦横同じくらいで、初太郎は生まれて初めて、そんなデブを見た。

初太郎はこの家で、何の仕事をさせられるのだろうと思っていたが、何もしろと云わない。ある日、下男が薪を割るのを手伝っていると、ミゲル・チョウサが見つけて、

——ノオ、ノオ。

と云った。

どう云うものか、ミゲル・チョウサは初太郎がひどく気に入ったらしく、まるで自分の息子のように扱った。細君の方もそうであった。

初太郎のために新しい服を何着も作ってくれたし、靴も用意してくれた。何しろ、陽差しが強いので、砂地の道を裸足で歩くと足の裏が焼けてしまうようである。最初、靴をはいたときはひどく歩きにくくて困ったが、靴をぬぐと熱くて歩けない。仕方がないからはき続けていると、そのうちに慣れてしまった。靴は牛の皮の油を抜いたものでつくり、底には鹿や羊の皮を用いてあった。

それから、頭もその土地の人間のように長く伸ばした。初太郎が新しい服を着て、靴をはいて、鍔広帽子を被って他の八人の仲間のところをまわって歩いたとき、みんな初太郎を見

で吃驚した。

――まるで、異国人みたいだ。

と、七太郎は感心した。

八人の者も、それぞれ、その土地の風俗に合わせて頭をつくり、服も貰って着ていたが、初太郎のものほど立派ではない。

――お前は、ほんとにいい家に行ったものだ。

と、みんなうらやましがった。

他の連中はみんな、朝から働いていた。山に行って薪をとったり、畠を耕したり、共同井戸に水を汲みに行ったり、家の掃除をしたり、一日忙しい。ところが、初太郎ばかりはまるでお客様である。一同がうらやましがるのも無理はなかった。

初太郎はこの家の五人の子供と身振り手真似で話しているうちに、だんだん、その言葉が話せるようになった。一か月も経つと、日常の簡単な用は足りるほどになった。夕食のときなど、食卓でハポンの話を訊かれるままに話したりした。足りぬところは手真似で補う。

ミゲル・チョウサはなかなか物知りで、ハポンのことも知っていた。しかし、たいへん文化の進んだ金銀の豊富な夢の国と思っているらしかった。つまり、彼の日本についての知識は、昔のヨオロッパ人の知識から一歩も出ていなかったから、初太郎はチョウサの質問にときどき面喰った。

——ハポンの家の屋根は金で葺いてあるそうだが本当か。

とか、

——ハポンの道には銀が敷いてあるそうだが本当か？

と訊いたりした。初太郎が自分の村の家の屋根は、この家と同じく萱とか藁で葺いてあると云うと、ミゲル・チョウサはなんだか残念そうな顔をした。

しかし、初太郎の方も、この一家の者や知り合った土地の人間と話して、いろいろのことを知った。一番驚いたことは、ハポンでは夜で、ミゲル・チョウサが、

——この土地の昼は、ハポンの昼はメヒコの夜である。

と云ったことである。

それから、このハハ（バハ）・カリフォルニアの地は西と東と両方に海があって、東の海を渡るとメヒコの本土があると云う話であった。それで初太郎は海を渡ったところのメヒコは、大きな城下町なのだろうと思った。もしかすると、将軍様のいる江戸みたいなところなのかもしれないと思った。

初太郎は言葉を覚えたので、ちょいちょい、仲間の者の通訳をしてやったりした。連中はもっぱら下働きばかりしているので、言葉を覚える機会に乏しかったのである。

あるとき、利三郎が初太郎を訪ねて来て、困ったことがあると云う。聞いてみると、利三郎のいる家の下女が、利三郎に妙な素振りを示すと云う。一度、利三郎が日本のことを思って坐っていたら、その女が突然抱きついた。利三郎が吃驚して押しのけると、女は早口に何か叫んでいたが、主人に告げ口したらしい。その後、主人がこわい顔をして、どうも待遇もよろしくない。どう云うことなのだろう？　と云うのである。

初太郎は早速、その家に行ってみた。生憎、主人は不在であったが、下女はいた。初太郎が下女に利三郎の話をすると、下女は怒って利三郎は嘘つきだと云った。言葉の判らぬ利三郎が嘘をつくとは意外であった。

7

初太郎が女によく事情を問いただすと、女はこんなことを云った。自分はかねてから利三郎を気の毒に思っていたから、いろいろ親切にしてやった。あるとき、利三郎がしょんぼりしているので、

——もしお前がその気なら、自分はお前の嫁になってもいいのだが、お前の返事はどうか？

と訊くと、利三郎は承知した。それで嬉しさのあまり抱きつこうとしたら、彼は自分を突きとばした。こんな乱暴な嘘つきはいない。

初太郎は面喰った。利三郎に女の話を伝えると、利三郎も面喰って眼を丸くした。よくよく聞いてみると、利三郎が故郷を想って沈んでいるとき、女が来てうるさく話しかける。追っぱらうつもりで、シッ、シッと云った。ところが女の方は、シイ、シイ（よろしい）と勘違いして抱きついた、と云うわけである。

初太郎は女に、まさか追っぱらうつもりだったともいえないから、ミゲル・チョウサに聞いた新知識を応用することにした。

——お前も知っていようが、日本の昼はメヒコの夜で、メヒコの昼は日本の夜だそうだ。つまり、何でもあべこべなのだ。だから、メヒコのシイは、日本では、駄目だ、と云う意味である。

今度は女が、眼を丸くして驚いた。

——それは自分も知らなかった。彼はこのことで立腹しているのだろうか？

——いや、立腹はしていない。しかし、彼はハポンに妻子がいる。とても、お前とは一緒になれない。

女はたいへん残念そうな顔をした。しかし、おかげで女の態度は前より優しくなったし、利三郎の主人も親切にしてくれるようになったと云うから、初太郎の通訳もなかなか役に立ったと云ってよい。

初太郎の異国言葉が上達するにつれて、家族の者の彼に対する愛情もだんだん深くなって来た。と云うのは、初太郎に彼らの愛情が動作ばかりでなく、言葉でも理解できるようになったからである。たとえばミゲル・チョウサが細君に、

——彼は今日元気そうにしていたか？

と訊く。

——おお、元気そうにしていた。

——それは良かった。彼が淋しそうにしていると、俺も淋しい。

言葉が判らないと、初太郎にちんぷんかんのこんな会話も、判るとその親切が身にしみるのである。

それから、ミゲル・チョウサは初太郎に文字を教えようとした。しかし、初太郎とすれば、いつまでもメヒコにいるつもりはないから、文字など覚えても意味がないと思っている。だから、そう云って断った。

ところが、文字を覚えたら、早くハポンに送り帰してやると云うので、半信半疑ながら、勉強を始めることにした。これは、始めてみるとたいへん厄介であった。

文字は二十八字あったが、まずその恰好を覚えるのに一苦労した。おまけに、その文字を横にいくつか並べて、一つの言葉（単語）ができると云うのも厄介であった。

初太郎は船乗りで、別に向学心なぞ持っていない。「いろは」ぐらいは書けるようになっているけれども、日本語だって満足に書けない。横文字となると、筆の運び方が奇妙で容易に納得できないのも止むを得なかった。

しかし、先生のミゲル・チョウサは、初太郎を低脳と思うらしい素振りは全然示さなかった。むしろ、初太郎が覚束ない恰好で文字を書くのを、嬉しそうに見ていた。

初太郎が初めて自分の名前が書けるようになったとき、ミゲル・チョウサは大声で、

——ばんざい。

と叫んだ。

主人のミゲル・チョウサは二、三日ごとに衣服を取り替える。どうしてそうするのか、初太郎には判らないが、それが習慣だったのかもしれない。ところが、初太郎にも二、三日ごとに衣服を取り替えさせた。と云うことは、前にも云ったが、初太郎もすでに何着かの衣服を持っていたと云うことである。

初太郎は着替えないでも結構だ、と断ったことがあるが、そのとき、ミゲル・チョウサの細君が珍しく厳しい口調で初太郎をたしなめた。

――この家にいる以上、この家のしきたりを守らなければいけない。

他の八人の日本人の仲間は、いつも同じ服を着ている。もっとも、善助だけは、主人のお下がりらしい服を二、三着持っていた。初太郎とすれば、自分だけ特別待遇されるので、仲間に気が引けたのである。しかし、細君にたしなめられると、それに反対もできなかった。

のみならず、ミゲル・チョウサは外出するときはたいてい初太郎を伴って行った。そして、連れて行った先の家で、初太郎を自分と同じように坐らせた。先方の家でも初太郎を客扱いにする。まるで、初太郎はミゲル・チョウサの家族の一員と云ってよかった。ミゲル・チョウサは、ときには、娘のアントニヤを自分に代わって初太郎の語学の先生にすることもあった。一つの机に向かって並んで坐り、アントニヤは初太郎に単語の綴りとか文章の書き方を教えた。黒い石の板に、白い石で書くのである。初太郎は若い娘と並んで坐ったことなどないから、どうも勝手が違って、落ちつかなくて閉口した。アントニヤは可愛らしい娘で、並んで坐ると、いい匂いがする。

――おお、また間違えた。

初太郎がへまをやると、彼女は初太郎を睨んで見せる。親爺よりも、この娘の先生の方が初太郎には苦手であった。

一度、アントニヤが短い文章を書いて見せた。初太郎は苦労してそれを読んでみると、私はお前が好きだ、と云う意味だったので吃驚した。どうも、日本の娘とは少し違うような気がした。

——これを書くのか？

——然り。

初太郎が苦労して、その通り書いて見せると、アントニヤは急に顔を赤らめて、その文字を口で云った。それから、頭を初太郎の肩に凭せかけた。

初太郎は、例の利三郎の一件を想い出して、この場合自分はどうしたらいいのかしらん、と考えていると、突然頓狂な声がした。吃驚して振り返ると、ミゲル・チョウサが手を叩いて笑っていた。アントニヤは急いで立ち上がると姿を消した。ミゲル・チョウサは机の上の文字を見ると、嬉しそうに笑って初太郎の肩を叩いた。ミゲル・チョウサが怒らないのが、初太郎には不思議であった。

8

その翌日の夜、初太郎は善助にアントニヤが異国語の先生になった話をした。また、ミゲル・チョウサがそれを面白がった話もした。別にひけらかしたわけではない。面白半分に話したのである。ところが善助は考え深そうな顔をした。

——それは案外大変なことかもしれない。笑いごとではないぞ。

初太郎は意外に思った。

——なぜ？

——お前は日本へ帰りたいか？

——むろん、帰りたい。そんなことは決まりきったことだろう。

——それならば、用心が肝要だな。

善助はこんなことを云った。ミゲル・チョウサ夫妻が初太郎を可愛がって家族の一員のように扱ってくれるのは、むろん、親切心もあるだろう。しかし、どうも初太郎を養子にしたがっているのではないか、と思われる。アントニヤの婿にしようと考えているかもしれない。もし初太郎が、アントニヤを気に入って夫婦になってこの地に永住しようと云うのなら、それに反対はしない。しかし、そうなると日本へは帰れない。帰国の意志があるなら、その辺のところをよく考えた方がよろしい。

それを聞いて、初太郎は眼が開いた気がした。今までそんなことを考えたことは一度もなかったのである。

——どうすればいいだろう？　すぐミゲル・チョウサに断った方がいいだろうか？

この辺になると、若い初太郎より善助の方が世間慣れがしている。

——慌ててはいかん。まだ養子にすると決まったわけではない。断るのはいざと云うときでよい。それまでは今のままでいることだ。ただ、心の奥底に俺の云ったことを大事にしまっておくことだ。

そこへ他の仲間も集まってきたので、この話は打ち切りになった。九人の漂民は週に二度ばかり、夕食後、町の広場の片隅に集まって故国の話や仕事の話をするのである。しかし、その話も決まって「早く日本へ帰りたい」と云うことに落ち着く。それを会うたびに繰り返して飽きなかった。図体の大きな泣き虫の多吉は、日本の話になるとすぐ涙を浮かべた。

——いつ日本へ帰れることやら……。それを思うと眼の前が真っ暗だ。

——それに、と利三郎が云う。運よく日本へ帰れたとしても、果たして無事に済むだろうか？　お役人の厳しい取り調べを受けて、ひどいお仕置きにあうかもしれないぞ。

何しろ、外国へ行くことは厳禁されていたころだから、この心配は一同の胸の裡にあった。しかし、自分の意志ではなくて、一種の天災にあったようなものだから、役人もそこは考慮してくれるだろう、九人の者はそんな話を交わしては、気休めを覚えていた。

——しかし、と善助が云った。どんなお仕置きにあうにせよ、日本へ帰ることがまず肝腎だ。帰れるだけでも有難いことだ。

——それはまったくその通りだ。

みんなそう思う。しかし、帰るあては一向にないから、一同溜め息をついて、それでも励ましあって別れるのである。どこかでギタラに合わせて歌う声が聞こえ、空には星が美しい。漂民たちは何となく悲しくなった。この土地では北極星も、日本で見るより遙か下の方に見えるのである。

しかし、この広場の会合も九人の仲間で顔を揃えることが出来なくなった。と云うのは、善助の主人がサン・ホセからラパスと云う町に引き揚げることになったからである。事情はよく判らないが、善助の主人は仕事でラパスからこのサン・ホセに長期出張していたらしい。その仕事が片づいて引き揚げるので、善助もついて行くのである。ラパスは半島の東岸、カリフォルニア湾に面したところにある。

善助が出発する日、初太郎は見送りに行った。ミゲル・チョウサの長男ブラスも一緒について来た。他の日本人はみんな仕事があるから見送りには来られない。異国で、仲間と別れるのは辛いものである。まして、善助のような頼りになる人間がいなくなるのは、格別淋しい。

初太郎が浮かぬ顔をしているのを見ると、善助は笑って云った。

——これが永の別れと云うものでもない。元気を出すがよい。そのうち、折りを見てサン・ホセを訪ねて来ることもあろう。お前もラパスに遊びに来るがよい。

一行は、船ではなくて半島を横断して山越えして行くので、食糧や荷物は馬車に積み、七、八人の男たちはみんな馬に乗っていた。善助も馬に乗った。サン・ホセにいる間に乗馬の術に長じたものらしく、手綱さばきもなかなか鮮かであった。

一行が出発するとき、善助は馬上で片手を挙げ、白い歯を見せて、

——アディオス。

と云った。

初太郎もブラスも手を振って、アディオス、と云った。日本語よりも異国語の方が、別れの辛い気持ちを柔らげてくれるように思えたのである。善助を見送って帰る途中、ブラスは初太郎を元気づけようと思ったのかもしれない。こんなことを云った。

——アントニヤはお前の新しい服の襟に刺繍をしている。内緒にしておいて、お前を喜ばせるつもりだそうだ。しかし、自分が話したことは内緒にしておいてくれ。

——それは嬉しい。

と、初太郎は云ったが、何やら複雑な気持ちであった。善助が行ってしまったら、日本も一緒に遠くなってしまった気がした。

ところが、それから半月ばかり経つと、利三郎、伊之助、万蔵、七太郎の四人もいなくな

ってしまった。それぞれ、主人が他の土地に出稼ぎに行くのについて行ったのである。尤も、この四人は出稼ぎに行ったのだから、暫くすると帰って来た。しかし、この間、サン・ホセに残った日本人は、初太郎の他に多吉、弥一郎、総助、の三人しかいない。しかも、泣き虫の多吉をはじめとして、あまり威勢のいいのはいなかったから、初太郎もこの連中を元気づけるのに一苦労した。

多吉なぞは、ほとんど毎晩のようにミゲル・チョウサの家の裏手に姿を現わした。そして、初太郎相手に暫く日本の話をすると、やっと人心地のついたような顔をして帰って行った。もしかすると、日本語を喋ることそれ自体が目的だったのかもしれない。

9

善助の話したことはどうやら当たっていたらしく、ミゲル・チョウサは本気で初太郎を息子にしたがっているように思われた。アントニヤが襟に刺繡をした新しい服を着たときなぞ、わざわざ初太郎とアントニヤの二人を並んで立たせて、細君と顔見合わせてたいへん満足らしい微笑を洩らしたりした。

おまけに、二人に腕を組ませて、少し歩いてみろと云った。二人が歩き出すと、ミゲル・

チョウサは上機嫌で何か陽気な曲を口ずさみながら手を叩いた。細君も笑って手拍子をとる。初太郎は恥ずかしくてならなかった。

――あれは何の歌であるか?

あとで初太郎がミゲル・チョウサに訊くと、

――おお、たいへん楽しい曲である。結婚式のときに奏でる曲である。

と云う答えであった。

初太郎は吃驚した。しかし、チョウサ夫妻の楽しそうな様子を見ると、その場で自分はアントニヤと夫婦になるつもりはないのだ、とは云えなかった。それにミゲル・チョウサも、はっきりアントニヤの婿になれと云ったわけではない。断るなら、そう云われたときでよかろう、と初太郎は思っていた。善助がいると、いろいろ相談できるのだが、ラパスに行ってしまったから仕方がない。

ところが、それから間もなくして、チョウサは用事が出来てメヒコのマサトランと云うところへ出かけることになった。初太郎がこのサン・ホセに来てから五か月ばかり経ったころである。

ある日、ミゲル・チョウサはマサトランに行く話を初太郎にしてから、メヒコの地図を見せてくれた。初太郎ははじめて地図を見るので、たいへん珍しく思った。

――ここがマサトランだ。

ミゲル・チョウサの指すところを見ると、なるほどマサトランと云う文字が読まれた。サン・ホセから海を渡ってほぼ南東の方角にある。説明を聞くと、そこまでの距離は日本の里にすると三百里ぐらいあるらしい。そんな遠方へ行くのに、ミゲル・チョウサは別に大旅行とも思っていないらしいので、初太郎は感心したり、呆れたりした。

――ラパスはどこか？

と訊くと、それもすぐ判った。地続きですぐ近くに思われた。そこに善助がいると思うと、妙に安心した気分になる。

――ところで、とミゲル・チョウサは初太郎に云った。自分はこのマサトランに行って、暫く向こうに滞在することになる。そうなると、わが家に残る妻と子供たちが気がかりである。お前はこの家の主人になったつもりで留守を守って欲しい。なにぶんよろしくたのむ。

そう云われれば「いや」とは云えない。初太郎は承知した。そのかわりミゲル・チョウサがマサトランから帰って来たら、何とか日本に帰れるように取り計らって貰おうと思った。

ミゲル・チョウサはそれから四日後に、船でマサトランに行った。出航が二日遅れたが、これは予定の日に珍しく雨を伴った強い風が吹いたからである。雨と云えば、この地方では雨がほとんど降らなかった。六月に二度ばかり夕立があった程度にすぎない。

初太郎はミゲル・チョウサの留守の間、神妙に暮らしていた。子供たちはみんな初太郎になついていて、初太郎のことを「ペペ」と呼んだ。これはホセの愛称語だが、ミゲル・チョウサが初太郎にホセと云う名前をつけたからである。

初太郎自身はそんな名前を一向にありがたいと思わなかったが、家の者ばかりでなく土地の人間たちも初太郎を「ホセ」とか「ペペ」と呼ぶようになっていたから、強いて異議を唱えても始まらなかった。

ホセ・初太郎にとって呼び名の方はどうでもよかったが、ひとつ迷惑したのは例のデブの下女である。この縦横同じくらいのデブの下女は初太郎によくこう云った。

――セニョオルはいつアントニヤと結婚式を挙げるのか？

――そんなことは、俺の知ったことではない。

――私の目は、節穴ではないよ。

そう云って、丸い眼をくるくる回してみせる。これには初太郎は大いに閉口した。

ある日、初太郎はブラスを連れて、山へ猟に出かけた。それまでにも、ミゲル・チョウサに連れられて何度か猟に行ったことがある。鉄砲の撃ち方もかなりうまくなっていた。獲物はウサギである。

この日はどうも調子が悪くて、ウサギが一匹しか獲れなかった。それをブラスに持たせて

町に帰ってくると、ブラスが、

――ああ、ペドロだ。

と云った。

見ると、先方もこっちを認めて笑いながら近づいて来た。ペドロと云うのはラパスの船頭で、ちょいちょい船でサン・ホセにやって来る。ミゲル・チョウサとも親しくしていて、チョウサの家にも何遍も来ているから、初太郎もよく知っているのである。小肥りで陽気な男である。お互いに挨拶を交わすと、ペドロはブラスの持っているウサギを見て、

――おお、大猟だったな。

と笑った。

――善助は元気でいるか？

と初太郎が訊くと、ペドロは片眼をつむって、たいへん元気だ、と云った。それから、今夜は暇だから宿へ訪ねてくるがいい、と云って行ってしまった。

初太郎はその晩、夕食が済むとペドロの泊まっている宿を訪ねた。むろん、初太郎はこの訪問が自分の運命の別れ目になるとは毛頭知らなかった。ただ、ラパスにいる善助の消息を聞きたいから行ったのである。

ペドロは初太郎を見ると、上機嫌で、

——お前もいい若者になった。サン・ホセの若い女に云い寄られて困るだろう？

と冗談を云った。

——そんなことはない。

初太郎が困ってそう答えると、ペドロは笑った。

——いやいや、アントニヤはどうだ？

初太郎は眼をぱちくりさせた。デブの下女がアントニヤのことを云うのはまだ判るが、ペドロまでアントニヤの名前を口にするとは思わなかったからである。ペドロはそんな初太郎の様子を面白そうに見ていたが、やがて、急に真面目な顔になると、ランプの灯から葉巻たばこに火を移してこう云った。

——お前はハポンに帰る意志があるのか？

突然、そんな質問を受けて初太郎は吃驚した。ペドロを見ると、珍しくたいへん真面目な顔をしていて、冗談とは思われない。

10

日本に帰る気持ちがあるか？　と訊かれれば、初太郎の答えは一つしかない。

——むろん、自分は日本へ帰りたいと思っている。自分の故郷には両親が自分を待っている。それを思うと、一日として早く帰りたいと思わぬ日はない。

ペドロは葉巻を吹かしながら、初太郎の言葉を聞いていた。

——なるほど、とペドロは云った。よく判った。それでは云うが、実は自分はミゲル・チョウサからお前をアントニヤの婿にするつもりだと云う話を聞いている。ミゲルは自分の親しい人だ。だから、自分はそれを良いことだと云っておいた。しかし……。

それから、ペドロはこんなことを云った。

自分はお前の境遇に同情している。止むなく遠い国へ流されて来て故国へ帰れないのは気の毒だと思っている。だから、本当は故国へ送り返してやるのが一番良い道だと思う。人間誰しも生まれ故郷が一番良いものだ。しかし、お前がアントニヤを好きになってこの土地に住むと云うのなら、話は別だ。ところが、お前は飽くまで国に帰りたいと云う。

——それでは、ひとつ、自分が何とか考えてやろう。

——本当か？

初太郎は急に眼の前が明るくなった気がした。ペドロの話だと、彼は前から漂民に同情していたらしい。しかし、ミゲル・チョウサがいるときは、こんな話は初太郎にはできなかった。

――ミゲルの留守にこんな話になって、彼に恨まれるかもしれぬが、仕方がない。自分は自分のやることが間違っているとは思わない。

――何とかぜひ帰れるようにして欲しい。

初太郎は、何遍も頭を下げた。

何でもペドロと云う男は、マサトランへもしょっちゅう船で行くらしい。マサトランと云うところはかなり大きな町らしく、そこには外国船もときどき立ち寄ることがあるから、マサトランに行って準備しているとちょうど都合のいい船に乗れるかもしれないと云うのである。

――このあいだも、オランダ船が立ち寄ったと聞いたが、オランダ船はハポンにも行くのではないか？

――長崎に来ると聞いたことがある。

――ナガサキとはどこか？

――ハポンの九州と云う地方の港である。

――なるほど。ともかく、この話は善助も加えて一緒に相談してから決めた方がいい。

そこで、ペドロがラパスへ帰って再びサン・ホセに来るとき善助も連れて来ることに話が決まった。初太郎はその晩、家に帰っても興奮のあまりよく眠れなかった。帰りたい、とは団っても帰るあてが一向になかったのが、降って湧いたように耳寄りな話が眼前に現われた。遠い日本が急に近くなったような気がする。父や母の顔がちらちらする。初太郎は思わず起き直ると両手を合わせて、

――何卒、うまく行きますように……。

と神仏に祈った。別に信心深い方ではないが、このときはそうせずにはいられなかったのである。

翌日、初太郎はアントニヤから、

――お前はひどく楽しそうな顔をしているが何かあったのか？

と訊かれて面喰った。

――いや、別に何もない。昨夜、ペドロに会って善助が元気でいると聞いたから嬉しいのだ。

――それだけか？

――それだけ……？

初太郎は内心驚いていた。しかし、アントニヤの次の質問は初太郎の予期しないものであった。

――お前はペドロの他に誰かに会ったのではないか？

——他に？　いや、誰にも会わない。お前は、何を云っているのだ？

アントニヤは眼を伏せてちょっと口ごもった。それから初太郎の肩に頭を寄せると、お前は私の他に好きな娘はいないだろうね？　と云った。

——もちろん、いない。

事実その通りだから初太郎は威勢よく答えた。アントニヤはにっこり笑った。しかし、残念なことに、このとき、デブの下女が覗いて大きな咳をしたので、アントニヤは慌てて逃げて行った。

ペドロがラパスから善助を連れてやって来たのは、それから三週間ばかり経ったころである。初太郎はその間、一日千秋の思いでその日を待っていた。まだ話は決まったわけではないから、他の日本人には内密にしておくようにとペドロに口止めされていたから、初太郎は約束を守って誰にも話していない。こんな話を黙っていることは、いかにも辛いものである。

しばらくぶりに見る善助は元気そうで色も黒くなっていた。何でもペドロの口ききで雇い主の方とはうまく話がついて来たらしい。善助の話だと、ラパスはこのサン・ホセよりかなり大きな町らしかった。しかし、ペドロの話だと、マサトランはそのラパスよりもっと大きな町だそうである。

その晩、九人の日本人はペドロの宿に集まって評議した。このころは、もう出稼ぎに行った連中も戻っていたから、善助を加えて、全員が集まったわけである。まず、善助がペドロの話をすると、その話を初めて聞いた七人の者は、ひどく驚いたり、喜んだりした。

最初、漂民たちは揃ってマサトランに行って、船を待つつもりであった。しかし、ペドロの話だと唐土《もろこし》――つまり現在の中国のことだが――とか日本に向かう船はごく少ない。九人の者がマサトランでぼんやり船を待っていても仕方がない。と云って、九人の者がマサトランで働いて船を待つと云うことも覚束ない。だから、まず誰かが先にマサトランに行って船の便を調べ、その上で残りの者を呼び寄せると云うことになった。

――それは尤もなことだ。

と利三郎が云った。

――しかし、そうなると俺とか他の者は下働きばかりして異国語がさっぱり上達しない。マサトランとやらに行っても役立たずだ。これはひとつ、善助と初太郎に行って貰うのが一番いいと思うがどうだろう？

これには他の連中も即座に賛成して、声を揃えて、何分よろしくお願い申す、と云った。

11

七人の仲間の云うことは尤もなので、初太郎と善助は承知した。しかし、善助の方はいいが、初太郎はミゲル・チョウサの細君にマサトラン行きを承知して貰わねばならない。

翌日、初太郎はペドロの宿にいる善助をチョウサの家に連れて来た。ラパスに行った初太郎の友人善助が訪ねて来たと云うので、細君も大切にもてなす。そこで初太郎が云った。

——実はこの善助とマサトランに行こうと思うのだが、許して貰えまいか？

チョウサ夫人は吃驚した。一緒にいたアントニヤも驚いた。

——マサトランへ？

それからチョウサ夫人が訊いた。

——何の用事で行くのか？

むろん、帰国の用意で行くと云ったら許されないに決まっている。初太郎は善助と打ち合わせた通りに話した。ペドロが善助をマサトランに連れて行くそうだが、実は自分もメヒコの本土の町を一度は見たいと思っている。それに、目下マサトランには主人のミゲル・チョウサも行っていることだから都合がいい、向こうで主人に逢いたいと思う。

チョウサ夫人とアントニヤは黙って顔を見合わせた。

——お前はどう思うかね？

と母親が娘に訊くと、アントニヤは、

——判らない。

と云って席を立ってしまった。傍らから善助がゆっくりゆっくり、自分が一緒だから心配はない、と云った。

——どうしても行きたいのか？

——ぜひ行ってみたいと思う。

チョウサ夫人も、仕方がないと思ったのかもしれない。暫く考えていた後で、

——では行っておいで。

と云った。しかも一度決めてしまうと、後は驚くほどさっぱりしていた。マサトランは繁華な町だから、向こうに行って見苦しい恰好をしていては笑われる、と云うわけで、わざわざ新しい服を二、三着つくってくれた。初太郎が辞退しても聞かなかった。のみならず、善助にもミゲル・チョウサの服をくれたりした。善助もチョウサの家に逗留していたのだが、朝夕いろいろご馳走を出してくれる。

——これが日本に帰ると云うことのためでなかったら、俺はこの家の人に恥ずかしくて顔

向けがならないだろう。

と、善助が云った。善助とすれば、帰国を隠していることに、多少後ろめたい気持ちがあったのだろう。しかし、善助も初太郎も、他の七人の仲間のことを考えると、そんなことに拘泥してはいられないのである。

それから間もなくして――それはもう十月も末のころだが、ペドロがやって来て、

――明日出帆する。

と告げた。チョウサの細君はペドロを摑まえて、ホセのことをくれぐれもよろしく頼むと云った。どうか無事に連れ戻ってくれ、と頼んだ。ペドロは笑って、承知した、と答えたが、ペドロの内心が判ったとしたら、細君は即座にマサトラン行きを中止させたことであろう。

その翌日、初太郎はミゲル・チョウサの細君に別れを告げた。細君は初太郎を抱きしめて、頰ずりをして、

――ペペ、早く帰って来るのだよ。

と云った。初太郎は黙っていたが、内心、申し訳ありません、お許しください、と繰り返していた。アントニヤも、初太郎を抱きしめると、

――ペペ、早く帰って。

と云って初太郎に接吻した。

大体、この土地の人間は親しい者同士が別れるときは、男女を問わず抱き合ったり手を取り合ったりする。初太郎もそれを知っていたから抱きしめられることには驚かなかった。しかし、接吻は初めてだったから、大いに驚いた。心臓がごとんごとんと鳴って、胸が締めつけられる気がした。初太郎はアントニヤを憎からず思っている。しかし、異国の娘を嫁にして、異国に住む気にはどうしてもなれない。初太郎はアントニヤに大変すまない気がした。

それから、他の子供たちや召使いたちにも別れを告げた。家を出るとき、アントニヤが、

——ぺぺ。

と叫んだ。そして、もう一度初太郎を抱きしめると、

——このまま帰って来ないのではないだろうね？

と云った。初太郎はどきんとした。しかし、善助が、

——そんなことはない。

とアントニヤを慰めた。もしかしたら、アントニヤには初太郎が帰らないことが直感で判ったのかもしれない。

善助と初太郎は船の出る浜辺まで歩いて行った。七人の日本人も休みを貰って、見送りに来た。ミゲル・チョウサの長男のブラスは馬に乗ってついて来た。馬の上から初太郎に向かって、マサトランで父親のミゲル・チョウサに会ったら、いい鉄砲を買って貰うとよい、と

暢気なことを云っていた。

浜辺にはペドロの船の船子が二人、ボオトのなかで待っていた。沖にペドロの船が泊まっている。七か月ばかり前、この浜辺で船を降りてサン・ホセに連れて行かれたのだが、考えてみると夢のようである。

送る者も送られる者も、達者でいろよ、と互いに別れを告げた。多吉は赤い顔をして、頻りに眼を拭いていた。ボオトに乗り移る前に、初太郎はサン・ホセの方に向かって叮嚀にお辞儀をした。長い間厄介になったミゲル・チョウサの一家に礼を云ったのである。

善助と初太郎はボオトに乗ると、ペドロの船に行った。ペドロは初太郎を見ると笑って、

——よく来た。もしかしたら、お前は来ないのではないかと思った。

と云った。アントニヤに引き留められると思ったのかもしれない。

ペドロの船は四百石積みばかりでも帆柱は二本、乗り組み員はペドロの他に七人いた。風の具合がよかったのだろう。二人が乗り込むとすぐ、ペドロが大声で指図して、船は碇をあげ、帆をいっぱいに張った。

善助と初太郎は船の上から、浜辺の方を見ていた。浜辺には七人の日本人とブラスがまだ立っていて、船が動き始めると頻りに手を振った。初太郎も手を振った。それから、大きな声で、

――達者でいろよ。

と、怒鳴った。これはアントニヤに向かって云ったつもりであった。そのあと、小さな声で、アディオス、と云った。二人は甲板に立ったまま、浜辺の人間が豆粒ぐらいになるまで見ていた。

12

快晴に恵まれ追い風を受けて、ペドロの船は六日目の朝マサトランに着いた。ペドロの話だと、こんなに早く着くことは珍しいのだそうである。港には、四、五艘の外国船が停泊していたが、どこの船か判らない。

ペドロはまず二人を役所に連れて行った。歩いて行く途中、どこかで途方もなく大きな音がして、善助も初太郎も吃驚したが、これは大砲を射って時刻を知らせたのである。サン・ホセでは鐘を鳴らしたが、初太郎は鐘の方がいいと思った。善助も、

――人騒がせなことをするものだな。

と云った。

成程、マサトランはサン・ホセに較べると遙かに大きな町で、人家も七、八百軒はあるら

しかった。表通りは道幅も広く、白壁の二階建て、三階建ての家が軒を揃えていて、屋根は赤い瓦で葺いてあった。商店が多く、初太郎はお上りさんみたいに、あちこち覗き込んだり、きょろきょろ見まわしたりした。

——これは酒屋だ。

とペドロの云う店には、ビイドロ（硝子）の瓶に入った色とりどりの酒が並んでいて、これには初太郎ばかりか善助も珍しがったり感心したりした。呉服屋には、羅紗《ラシャ》、毛布、金巾《キャラコ》、更紗、木綿とか鳥の羽根などが沢山並んでいる。その他、肉屋が多いのも眼についた。

役所に行くと、ペドロはこの町の町長らしい人物に二人を紹介して、いろいろ事情を説明した。そして、日本人の帰国に尽力して欲しいと云った。町長は身体の大きな男で、大儀そうに椅子に坐っていたが、親切な人間らしく、心得たと、引き受けてくれた。

——オランダの船が入港しているとよろしいのだが、当分オランダ船の這入る見込みはない。しかし、アメリカの船でも、たまにシナへ行くのがあるから、問い合わせて見てやろう。と云った。それから、何か紙に書いてペドロに渡したが、それは日本人の帰国に同情して助力して欲しい、と町の有力者に呼びかけた書類であった。

そのあと、ペドロは両人を知り合いの家に連れて行った。町の外に大きな牧場を持っている人物の家で、ペドロはこの人物の仕事をよく引き受けるらしかった。この人物は痩せて小柄な老人で、牧場の仕事を息子に任せていて暇なせいか、いろいろ面倒を見てくれた。

　ペドロと一緒に、初太郎、善助の二人を連れて町の有力者や金持ちの家をまわってくれた。事情を話して町長の書類を見せると、銀貨を五枚とか十枚、二、三十枚、大金持ちの家では五十枚も出してくれた。一日まわっただけで、銀貨が三百六十枚も集まった。

　――これは悪くない商売だ。

　老人は気さくな人間らしく、そんな冗談を云ってペドロと一緒に笑った。それから、老人は二人の日本人に向かって、

　――なんでも二百年ばかり昔にハポンの船がメヒコに来たそうだが、お前たちは知っているだろう？

　と云って、二人を面喰わせた。その船はハポンのお偉方を乗せてアカプルコと云うところに着いたのだそうである。老人も詳しいことは知らないらしかったが、善助と初太郎には初耳であった。老人が出鱈目を云っているのだ、と思った。

　支倉《はせくら》六右衛門常長が政宗の使節としてメキシコに来て、それからさらにイスパニアに渡ったのは一六一三年（慶長十八年）から一四年にかけてのころである。善助や初太郎が何も知らぬのは当然のことである。

　町長は口先ばかりでなく、迅速に事を運んでくれたらしい。その翌日になると、使いの者

が来て、四、五日のうちに唐土に向けて出帆する船があるから、それに乗船するように、と云って来たのである。意外の吉報と云うものだが、善助と初太郎は大いに当惑した。サン・ホセに残っている七人の仲間を置いてきぼりにはできない。二人は相談した結果、ペドロに云った。

――ご承知のように、サン・ホセにいる仲間は言葉もよく通じないし、われわれ二人と違ってたいへん苦労している。だからぜひ一緒に連れ帰りたいと思うがどうだろう？

これを聞くと、ペドロは反対して云った。

――その気持ちはよく判る。しかし、シナへ行く船便は年に一度か二度しかない。これに乗らないとお前たちもいつ帰れるか判らないだろう。それに、これからサン・ホセに七人を連れに行っても往復に相当の日数がかかる。それまで、その船が待ってくれると思うのは大間違いだ。こんないい機会は願っても滅多にないのだから、帰国の気持ちがあるのなら、早く船に乗る決心をすることだ。

その家の主人の老人も来て、二人に帰国をすすめた。仲間のために、次の機会を待つことにしようか、と二人が考えているのを知ると、老人はこう云った。

――せっかく、町長が手配してくれて、町の人も帰国に協力したのに、帰国を延ばすことになったら、かえって悪い結果を招くだろう。あとで仲間の者が帰国するときに、かえって同情が得られなくなるだろう。この際はまず二人だけでも帰国して仲間の無事を故郷の人に知らせる方が賢明と云うものだ。

そう云われると、その通りだと云う気もする。善助と初太郎は暫く相談したのち、ペドロや老人の勧告に従うことにした。最初の予定と違う結果になって、七人の仲間には気の毒だが、異国にいてはなかなか思うようにはならないものである。こんな成り行きになったのも一種の運命みたいなものだろう。その運命に二人は従うことにしたのである。

——残る仲間のことは、どうぞよろしくお願いする。

と云うと、ペドロは笑って承知した。

——一度に七人を返すとなると、金がかかって大変だから、とてもできない。しかし、折りを見て、二人、三人と送り返すように取り計らってやろう。

善助と初太郎はこれを聞いて、やっと安心した。ペドロは早速二人の乗る船の船長に船賃として銀貨百枚を渡し、帰国の用意とか雑費に使った残りの銀貨百四十枚を二人に渡して、落とさないようにしろ、と云って片眼をつむって見せた。両人はペドロや老人の親切にただ頭を下げるばかりであった。

ところが、ちょうどそのとき、ミゲル・チョウサが訪ねて来たのである。町の人から二人の噂を聞いて、慌ててやって来たものらしく、赤い顔をして息を弾ませていた。

13

初太郎はマサトランに着いたらミゲル・チョウサを訪ねて帰国の決心を告げ、これまでの礼も述べて、許しを乞うつもりにしていた。しかし、ペドロや老人の指図通りに行動していたから、まだチョウサのところに顔出ししていない。そこへ先方から乗り込んで来たから大いに当惑した。こっそり逃げ出す恩知らず、と思われても仕方がない。

事実、ミゲル・チョウサは初太郎を見ると、

——なぜ、自分に内緒で帰国するのか？

と詰問した。チョウサとすれば怒るのも当然である。初太郎は事情を説明しようと思うが、チョウサの顔を見ると、思っていることの十分の一もいえない。

これを見ると、ペドロが傍から、実は自分が初太郎に帰国をすすめて、その手助けをしてやったのだ、と云った。それを聞くとチョウサは、自分の留守にそんな話を進めるとはけしからん、とペドロに喰ってかかる。それを老人が宥めたりした。

そのうちに、ミゲル・チョウサも少し落ち着いたらしい、初太郎にこんなことを云った。

——お前は帰国しないでメヒコにいたらいいではないか。自分の家にいれば、やがてアン

ーニヤの婿にして銀一万枚をやるつもりでいる。それで商売でもすれば、一生安楽に暮らせる。どうか帰国を思い留まってはくれまいか。

ミゲル・チョウサがなぜそれほど初太郎を気に入ったのか判らない。しかし、ともかく、ひどく気に入っていたのは事実だろう。

初太郎はチョウサに、これまでひとかたならぬ恩恵を受けている。言葉でいえぬほど感謝している。そのうえ親切に引き止めてくれるチョウサの気持ちは有難いが、両親のいる故国を考えると、帰国を思い留まる気にはなれない。どうしても帰りたい。それをうまく云おうとするが、なかなか言葉にならないのである。すると、ペドロがしんみりした口調でチョウサに話しかけた。

――親愛なるチョウサよ、お前の気持ちはよく判る。しかし、お前が本当にホセに愛情を持っているなら、彼をハポンに帰してやるがいい。帰国したがっている者を帰してやるのが、本当の愛情と云うものではないか。

これを聞くと、ミゲル・チョウサは成程と云う顔をした。それからちょっと考えていたが、漸く決心がついたらしい。初太郎の肩に手をおいて、

――ペドロの云う通りらしい。よろしい、お前のことは諦めるとしよう。しかし、わが家の者たちが果して俺を許してくれるかどうか、それが気がかりだ。

と云った。

それから、初太郎に銀貨十枚、善助に五枚くれた。初太郎と善助は床に坐って、何遍もチョウサに頭を下げて礼を云った。お辞儀しながら、初太郎は涙をぽとぽと落とした。

チョウサが帰ったあとで、善助が初太郎に云った。

――チョウサと云い、ペドロと云い、まったく立派な人たちだ。あの人たちに会ったのは、神仏の御加護によるものだろう。この恩は一生忘れてはならぬぞ。

――本当に有難いことだ。

まったく、ミゲル・チョウサとかペドロに出会ったと云うことは、幸運と云うほかない。初太郎も善助も、数日後に日本に向かうと思うと、感無量であった。七か月近く過ごしたメヒコの地とも、いよいよ、おさらばである。

――なあ、初太郎、と善助が云った。サン・ホセにいる仲間はどうしているだろう？

――どうしているだろう？　俺もそれを考えていたところだ。

――一緒に帰れれば良かったのだが……。それだけが気がかりだ。

――その通りだ。

――だが、仕方がない。ペドロがちゃんとやってくれると約束してくれたから、それを信用するとしよう。

——そうしよう。きっと、仲間もあとから帰って来る。

二人とすれば、そう信じなければいられない心境であった。しかし、サン・ホセに残った七人の日本人がその後どうなったか、さっぱり判らないのである。むろん、日本に帰って来たと云う記録はない。だからと云って、帰国しなかったとは断定できない。しかし、どうやら連中は遠いメヒコの土になったと考えた方がよさそうである。

ペドロが約束を果たさなかったのか、何か事情があったのか、すべて知る術もない。一体、彼らは初太郎と善助の帰国を知って、どんな気がしたろうか？　それから、遠い異国にあって、何を考えて暮らしていたのだろうか？　考えると、哀れな気持ちがする。

三日後に、初太郎と善助の乗った船はマサトランを出帆した。天保十三年（一八四二年）十一月上旬のよく晴れた日である。出帆のときは、ペドロや老人はむろん、ミゲル・チョウサも見送りに来た。チョウサは初太郎を抱いて、別れを惜しんだ。身体に気をつけるように、とまるで父親みたいに云った。

——この上は、お前たちが、無事にハポンに着くことを祈っている。

そう云うとき、チョウサは眼に涙を浮かべていた。ペドロも老人も交互に二人の手を握って、良き航海を祈る、と云った。

その他にも、ハポンの人間の帰国を見物に数十人の野次馬が来ていたし、二人の帰国のために金を出した連中も何人か来ていた。みんな陽気で、ひどく喧しかった。町長代理の痩せた役人が来て、初太郎と善助の前で町長の伝言文を読みあげたが、何を言っているのか、さっぱり聞こえなかった。と云うのは、ちょうどそのとき、肥って大きな髭を生やした男が腰に手を当てて踊り始めると、一同手を叩いて拍子をとったり、大声で怒鳴ったりしたからである。役人も読んでいるうちにそれが気になったものらしく、途中で朗読を中止すると、一緒になって奇声を発した。

二人の乗ったアメリカの船は長さ十七間ばかり、帆柱二本、補助の帆柱は三本あって、ペドロの船より遙かに大きい。乗り組み員は九人いて、いずれもアメリカ人であった。商売でシナに買物に行くので、船荷は積んでいない。そのかわり、銀貨を沢山積んでいた。二人は船の客と云うわけだから、乗り組み員も叮嚀に迎えてくれた。二人ともアメリカ語は判らないが、船員のなかに二人ばかりメヒコの言葉が話せるのがいたから、言葉には困らなかった。

14

初太郎と善助の乗った船は、マサトランを出ると西に向かって航海した。数十の帆が風をいっぱいに孕んで、大変速い。前にイスパニアの船に乗っていたときは、こき使われてばかりいたから異国船の器械とか設備のことは一向に判らなかった。しかし、この船の連中は二人が船乗りだったのを知ると、いろいろ器械や道具を見せて説明してくれた。しかし、それでも二人にはよく判らなかった。尤も羅針盤とか海図には大いに感心した。

船の親方、つまり船頭は赤髭の大男で、みんなこの男のことをキャプテンと呼んでいた。それとヒコで云うカピタンに似ているから、すぐ憶えた。それともう一人小柄で精悍な顔つきをした副船頭がいて、いつもこの二人が相談して船を進めた。航海中、初太郎も善助もキャプテンが、あと三日すると何時ごろ、どこそこの沖を通るとか、左手に山が見えるとか云うと、その通りなのには吃驚した。日本の船ではとてもこうはゆかない。それから太陽を見たり、器械を用いたりして、現在この船は何十度何分にある、と教えてくれる。

――大したものだ。こんな船に乗っていたら、俺たちも流されはしなかったろう。

――まったくだ。たとえ流されても、どこにいるかぐらいは判ったろう。

と、二人は話し合った。

船員たちは二人の境遇に同情していたから、親切にしてくれた。そして、暴風雨にあって流された話をすると、

――どうもシナとか日本の船は、山が見えなくなると盲と同じようだ、と云う。

――その通りだ。

――ところが、われわれの船は昼は太陽を山とする、夜は星を山とする。だから、広い海の真中にいても一向に困らない。尤も、雨降りの続くときは困るが……。

と云った。

二十四、五日経ったころ、十一月下旬か、十二月初めと思われるころ、船はサンルイチと云う島に寄った。この島はワホウともホノルウルとも云うのだそうである。しかし、これは初太郎が聞き間違えたので、サンルイチはサンドウィッチ諸島のこと、ワホウはオアフ島のことである。船員は、

――サンドウィッチ諸島のなかのオアフ島のホノルルと云う港だ。

と云ったのだが、初太郎は固有名詞が三つも並んだので間違えたのである。

船はこのホノルルの港に四日ほど停泊した。港はかなり広くて、他にも停泊している船が沢山ある。大抵はアメリカ船でクジラを捕ると云う話であった。

――アメリカから、こんな遠くまでクジラ捕りに来るとは豪気なものだ。

と善助は云った。

二人は停泊中に二度ばかり、島に上陸した。民家は五、六百軒あるらしいが、ほとんどヤシの葉で葺いた粗末な家で、初太郎はマサトランの方が遙かに立派だと思った。それに住民も貧しい服装をしている。珍しかったのは、唇や指に入墨している女が多かったことである。

――一月末か十二月初めと云うのに、木の葉が青青としているのも珍しかった。

――何だか、暢気なところだな。

初太郎が云うと、善助が、

――日本にいてはさっぱり判らぬが、世間にはいろんな国があるものだ。

と、感心した。船員に聞くとこの島の酋長はアメリカ人だそうで、それが初太郎には不思議であった。初太郎の考えによると、それは例えば初太郎がサン・ホセとかマサトランのお奉行様になったようなものである。

ホノルルを出て、正月は船のなかで迎えた。

――今度の正月は、日本で餅を食っているだろう。

――本当にそうなればよいが……。

二人はそんな話をしながら、サン・ホセにいる仲間を想い出したりした。唐土に近くなると、海水が濁ってきた。マサトランを出て七十日ばかりも経っていたろうか、そのころ、船はマカオと云う港に着いた。ここに三日停泊して、四日目の昼ごろ船は出帆したのだが、このとき大変なことが起こった。

と云うのは、初太郎と善助は何か珍しいものでもあったら買おうと思って、その日の午前、上陸したのだが、どうしたことか初太郎は善助を見失ってしまった。知らない土地で方角がさっぱり判らない。言葉も通じない。あちこち、うろうろしているうちに、よほど時間が経ったらしい。善助は船に戻ったのかもしれない、と思ってやっと船に辿り着いてみると、船はすでに出帆していたのである。船には船の都合があって、初太郎のために出帆を延ばすわけにはいかなかったのだろうが、初太郎は途方に暮れた。

幸い、ペドロに貰った銀貨は二人で等分した奴を袋に入れて大事に持っていたから、その点はいいが、善助がいなくなったので心細くていけない。町の方へ引き返して行くと、唐土の人間が来て、何か云った。

——判らない。

と、初太郎が首を振ると、またいろいろ話しかける。そのうちに五、六人寄って来た。仕方がないから、土の上に日本人と書いて見せると、相手の人間は頷いて、ついて来いと云う身振りをした。

この土地の人間は頭のまわりを剃って天辺に丸く髪を残して、その長い髪を編んで後ろへ垂らしている。つまり弁髪だが初太郎は初めて見るから珍しかった。

このマカオの町は、初太郎がこれまでに見たどの異国の町よりも大きかった。マカオと聞いたとき、善助が——ああ、アマカハのことだ、と云ったがアマカハと云う名前も初太郎には初耳であった。

矢鱈に家が建て込んでいて、商店が沢山並んでいるが、道幅が大変狭い。そこを弁髪を垂らしたシナの人間とか、異国風の人間が歩いて雑踏している。あとで判ったが、ポルトガル、イギリス、ルソン島、インド、その他いろんな国の人がいるそうである。

雑踏する狭い道を、今度は初太郎は迷子にならぬように案内する男の後をついて行った。連れて行かれたのは、大変大きな赤い瓦の家で、床にも瓦が敷き詰めてある。案内した男が、そこの主人らしい男に何か云うと、その痩せてのっぽの異国人は頷いて初太郎を二階の部屋に連れて行った。

二階に行った初太郎は吃驚した。そこに、日本人がいたからである。四、五人いたが、みんな頭も着ているものも紛れもない日本式で、初太郎は狐にばかされた気がした。連中の方も、異国人の服装の初太郎を呆気にとられて見ていた。

15

最初はそれらの日本人たちも、初太郎を異国人と思ったらしかった。しかし、初太郎が日本語で挨拶し、簡単に事情を説明すると、連中は納得してそれぞれ身の上話をした。その話によると、これらの日本人は初太郎と同じ身の上であった。

五人のうち二人は、能登の人間で、惣七と弥三兵衛と云って、南方に漂流してこの地に辿り着いたと云う。後の三人は肥後の者で、これも南方に漂流したのち、マカオに来たと云う。名前を庄蔵、寿三郎、熊太郎と云った。能登の二人は初太郎と同じ天保十二年に流されたので、マカオに来て半年ばかりになる。ところが肥後の三人は十年も前に流され、この地に来てすでに九年経つと云うから初太郎は吃驚した。

――九年もいるのか？　日本へ帰りたくないのか？

と初太郎が訊いても、三人は黙って笑っていて答えなかった。帰りたくない、あるいは帰れない事情があるのかもしれなかった。初太郎も莫迦ではないから、それ以上は訊かなかった。

初太郎は正月中旬から四月下旬まで、ざっと九十日ばかりこの赤屋根の家にいた。しかし、三人組の正体がよく判らぬと同様、この家がどう云う家なのかよく判らなかった。家主はアメリカ人と云うことだったが、はっきりとは判らない。

しかし、そんなことを気にしなければ、結構暢気に暮らすことができた。

ここで、初太郎は服装を日本式に改め、頭も日本式にした。暫くぶりに月代《さかやき》にしたときには、やっと日本人に戻った気がして大変嬉しかった。食事は町で米や魚を買って来て自炊するのである。初太郎はここにいる間に、肥後の熊太郎にあちこち連れて行って貰った。神社らしいものは見当たらなかったが、日本の禅寺に似た寺はいくつもあった。芝居見物にも行ったが、役者が矢鱈に動きまわっているばかりで、何のことやらさっぱり判らない。

初太郎が珍しく思ったのは、シナの女の足がひどく小さくて、歩くにも腰を屈めてよたよたしていたことである。熊太郎の話だと、女は足の小さいのがいいのだそうで、子供の頃から足が大きくならないように布や糸で固く縛っておくのだそうである。

四月下旬になると、シナの役人の指図で、初太郎と能登の二人組は船でシャンハイ（上海）に送られることになった。肥後の三人組はその役人とも顔馴染みらしく、笑って何か話したりしていた。

しかし、彼らはその船に乗らずに、あとに残るらしいから初太郎は不思議でならなかった。日本人で漂流したくせに、日本に帰りたがらない人間がいるとは、初太郎には考えられなかったのである。

船に乗ることが決まったとき、熊太郎は初太郎に、このごろ唐土と西洋と戦争をした、そのあとだからお前もメキシコで貰った衣服や銀貨を持って行くと、西洋の間者《かんじゃ》――つまりスパイのことだが――と怪しまれるに違いない、ここに置いて行った方がいいぞ、と云った。

初太郎は成程と思って、みんな熊太郎にやってしまった。果たして熊太郎の云うような事態が起こったかどうか、それは判らない。しかし、この熊太郎はなかなか抜け目のない男だったから、そう云ってさり気なく初太郎の金や所持品を巻き上げたのかもしれない。

熊太郎の云った戦争とは例の阿片戦争のことで、清国がイギリスと南京条約を結んだのはこの前年の一八四二年のことである。しかし、むろん初太郎には何のことやらさっぱり判らなかった。

初太郎と他の二人はマカオから船に乗って、三か月ばかりのちにシャンハイに着いた。マカオに滞在中のこと、またこの船旅のことについては、まだ記すことがいろいろあるが、それにはここでは触れないでおく。ただ、その道順を記すことにする。

船は沿岸まわりのやつだから、小さい船で、アモイ（厦門）の沖の島に五、六日停泊し、それからチンモウと云うところに行き、そこから、ニンポウ（寧波）と云うところに行った。ニンポウで上陸して、それから川船に乗った。海を行くと近いのに、どう云うわけか川を行くのである。船には船乗りの他に警固の役人も乗っている。風のあるときは帆を上げ、風のないときは岸へ上がって曳く。川幅は五、六間、または四、五間である。

六月の下旬にハンチョウ（杭州）と云うかなり大きな町に着いた。大坂ぐらいもあって、町も奇麗である。ここに七月上旬までいた。どこに行っても、野次馬が沢山寄って来た。

ここからまた川船に乗って中旬にシャンハイに着いた。ここで船を降りると駕籠に乗せられ、役所に連れて行かれた。

役所では通訳を通じて、偉い役人の前でこれまでの経緯を述べた。それから、一軒の家に連れて行かれたが、ここには奥州の漂流民が六人もいて、初太郎は驚いた。流されて辛い目に会っているのは自分たちだけかと思っていたのに、マカオでも漂流民に会ったし、またここでも会う。全く意外な気がした。

ここには百三十日ばかりいたのだが、初太郎にとって思いがけなかったのは、九月になったころ、突然善助がやって来たことである。二人は抱き合って再会を喜んだ。

——一体どうしたのか？

二人とも同じ質問をした。初太郎がその後の話をすると、善助もいろいろ苦労した話をした。善助の話だと、マカオで初太郎を見失ったあと、善助は暫く初太郎を探したが見つからない。多分船に戻ったのだろうと船に帰ってみると、船員が早く乗れと云うので初太郎が乗っているものと思って乗り込んだら、すぐ出帆した。ところが、初太郎がいないと知って吃驚仰天したと云うのである。

その後、二、三の港をまわって、何とかいう町で降ろされたら、その土地の役人がここへ送りつける手配をしたと云う。

——別に辛い目には会わなかったが、お前に別れて一人なので心細かったぞ。

と、善助は笑った。初太郎は善助が現われたので、嬉しくて仕方がない。ミゲル・チョウサの真似をして、ブラヴォ・ブラヴォと叫んだ。ともにメヒコくんだりまで流された仲間との再会を喜ぶには、その言葉が一番ふさわしい気がしたのである。

初太郎、善助、その他の漂流民を乗せた船がシャンハイを出帆したのは十一月二十三日である。十二月初め、五島の山が見えて来たとき、二人は黙って食い入るように山を見ていた。それは、紛れもない、懐かしい故国の山であった。

収録作品解題

剽盗と横笛
初出：月刊読売（読売新聞社）一九四七年一月号
絵：三浦勝治
○「旦研一」名義で発表。

不思議なシマ氏
初出：プリンス（プリンス自動車販売）一九五九年五月〜十二月（全八回）
絵：伊藤禎朗
○連載時の題字は本人。ほぼ毎回、異なる題字が掲載されている。
○第二回と第三回のみ、「梗概」と称する前回までのあらすじが掲載されている。
第二回梗概：ナカが今知りあったばかりの美人を待っているテーブルに、シマと名乗る奇妙な男が現れた。トンビに油揚げさらわれましたね、と言って差出された財布をみてナカはやっと、自分がさっきの美人に財布をすられていたことに気づく。話している中にナカは、このシマという男が何者なのか、益々わからなくなってきた。シマの知り合いのバー「モンパリ」に二人で入った途端、シマはマダムからチッペの名を聞かされただけで、顔色を変えて飛び出していった。後に残されたナカはマダムにシマのこと、チッペなる女性のことを聞き出そうとしたが、これが又ひどくあいまいでこのマダムもシマの正体は全くわからないらしい。唯、一年中古い洋傘を持っているところからパラソル先生で通っていた。

剽盗と横笛

日研一　　三浦勝治繪

夕暮近く、町には靄がかゝつていた。温い燈火は靄ににじんで、妙になつかしいものに見えた。私は五ケ月この町を見なかつた。五ケ月振りに見る町は、すべてがなつかしく、美しかつた。実際は平凡な美しくもない町なのであるが。

　五ケ月前、私がこの町を最後に見たときは、私は暑いので上衣を脱いでいたのを憶えている。それは六月の始めであつた。捕えられたとき、私は上衣を着てつれて行かれた。が、いまはもう十一月も末である。霧の深い町は、冷え冷えと私を包み、冷気は暮れるに従つて増していつた。外套を買う余裕、持たないことはなかつた。が、それよりも、何か暖い物を胃に入れたかつた。私は空腹であつた。

　私は成るべく人通りを避け、裏通りを辿つていつた。裏通りにも、霧は流れていた。が、歩いているひとは殆んどなかつた。日は次第に暮れ、闇がひろがり始めると共に、私の心にはいい知れぬ興奮が湧いて来た。それが何故かは、私は知らない。が、夜の冷気と共に、私の心の辺にも、理由のない冷気がしのびこんで来た。

　理由のない冷気――それは一種の閃感であつた。いや、理由がないことはない。私は理由を知つていた。否、知りすぎていた。それは二つの眼であつた。冷やかに、私に注がれた二つの眼を、私は決して忘れないだろう。そして、私はその眼の持主の男を、心から憎む。

　私は一軒の酒店の扉を開くと、這入つていつた。明かるい店のなかには、陰鬱な顔をした男たちが、盃を傾け談笑しあつていた。が、扉を開いて這入つた私を見ると、彼らの顔から、急に談笑の色が消えていつた。私は、小声で、私の噂が囁かれるのを耳にした。空いた席はひとつしかなかつた。私がそこに腰かけようとすると、突然、背後の席にいた男が立ち上つた。

「おい」

　彼は大きな男であつた。私は、黙つて彼を見つめた。

「お前は大泥棒しでとつつかまつた野郎ぢやねえか」

「そうだ、そうだ」

　仲間の声が幾つかきこえた。

「だから、何だい？」

　私は反抗する口調になつた。

「だから？　だから良くねえんだ。俺たちはまともな人間だ。俺たちと一緒に酒をのもうなんて図々しすぎるぜ」

　多くの同意の声が耳に這入つた。

「おい、亭主」

　大男は奥に呼びかけた。出てくる困つた亭主を見ながら、私は挑戦的にいつた。

「俺は無罪だ。釈放されたんだ」

「なに？　シヤクホウだつ、？　チエツ。釈放されようがされまいが、同じことよ。おい、亭主、俺たちはこんな野郎と一緒にのまなきやいけねえのかね？」

　亭主は、私を見ると[illegible]のようにいつた。

「出て行けよ。野郎。図々しすぎらあ」

　私は店内を見まわした。それから、這入つて来たときと同じく、扉に手をかけた。大男は私の背中から、こう浴せかけた。

「娑婆に出られて有難てえと思えよ」

　私は黙つて扉を閉めた。と、鋭い冷気が私の骨まで突刺した。もう、すつかり暗かつた。

　私は町で、何か胃に入れようとすることは断念した。そして、いくつかの丘を辿つて、次第に人家の疎い丘の方へと歩いていつた。丘に登るにつれ、霧は次第にはれ、頂上近くまでいつたときには、霧は殆んどなかつた。空には、蒼白い月がかかつていた。振返ると眼下の町の上には、月の光を吸い込んだ霧が、屍衣のように垂れこめているのが見えた。その丘を下つて四里ばかりいつたところに、隣の町があつた。私はそんなに遠くまで行く気はなかつた。いや、私が立つている道を歩いていつた一里ばかり先の十字路で、都の宝石商が殺されたのである。私はそんな事件のあつた場所に近づく気は全くなかつた。

　丘の上は寒い風が吹いて、私は慄えた。が、どういうものか、私の心の慄えの方が、余計いけなかつた。二つの眼の持主に対する憎悪が増した。五ケ月ののち、私は再びこの町を見た。もし、その男がいなかつたなら、私は再びこの町を見ることはなかつたろう。私が無罪を宣告されたのは、すべてその男のおかげである。私は、彼のように熱心な、また優れた弁護士を知らない。

　しかし、私が無罪の宣告をうけ、私自身、思わず仆れそうになり、やつと自分をとりも

—（ 52 ）—

「剽盗と横笛」冒頭より

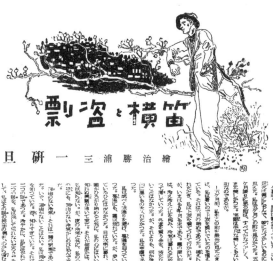

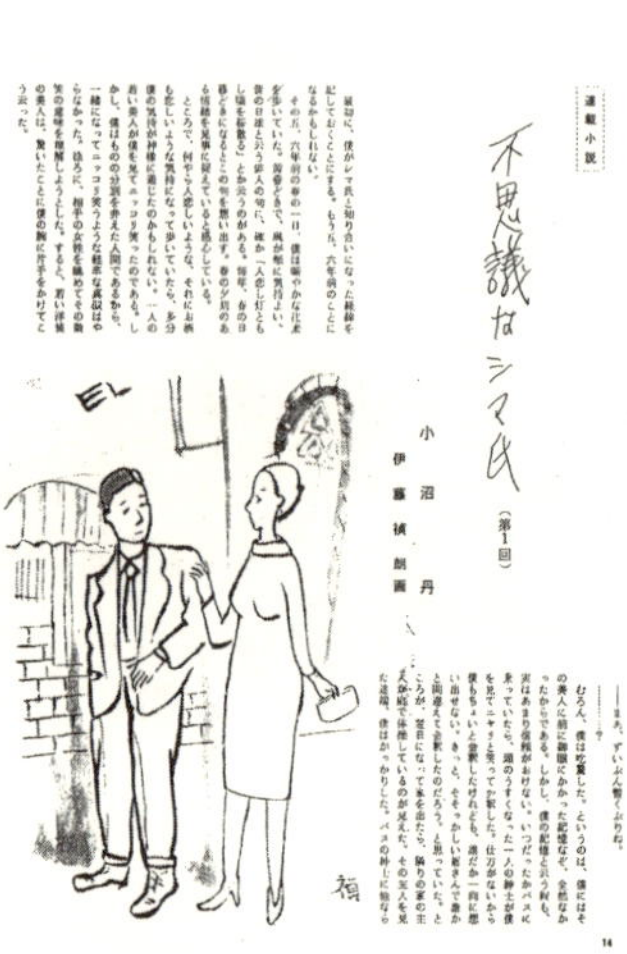

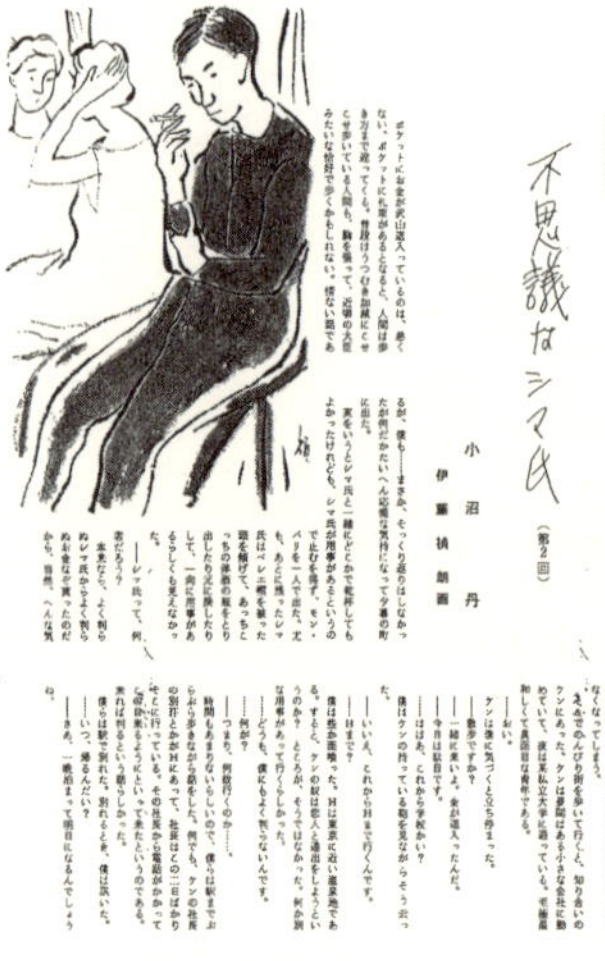

「不思議なシマ氏」第一回～第四回冒頭より

同作第五回～第八回冒頭より

それから一週間後にシマのことを忘れるともなく忘れていたナカの許に「モンパリデアイタシシマ」という電報が届いた。行ってみると、シマは黙ってかなりの札束をナカに手渡した。説明によると財布を取戻した礼に貰ったお金で競馬をして、大金を儲けたから半分受取れというのだった。

第三回梗概：ナカは見知らぬ婦人に突然声をかけられた。美人だったのでついフラ〳〵と一緒に飲みにゆく気になった。その途中、美人に財布をすられていたが気づかなかった。その財布を奇妙なシマと名乗る男が届けてくれた。それから一週間するとナカの許にシマから逢いたいという電報がきた。指定されたバー・モンパリに行ってみると、かなりの大金を渡された。財布を取戻した礼に貰った金で競馬をやって儲けたのだから半分はナカの取前だから受取れというのだった。無理に受取らされた札束をポケットに入れて夜の街に出た。すると、例の美人がウィンドウをのぞいているのに出逢った。鼻をあかしてやろうと思って声をかけた。「人違いじゃありません？」無情につきはなされたナカは一人で飲み歩く中泥酔した。翌朝眼を覚すと見知らぬ旅館に泊っていた。その上驚いたことに隣りの床に例の美人がねている。昨夕ウィンドウの前で逢ったことを思い出して問い正すと、全く別人だという。昨夜通りがかりにナカが泥酔しているのを見かけたので、ここに連れてきた由。

　シマの親友とも知らず、過日は大変失礼をしたからそのお詫びにHへドライヴしようと美人に誘われたが、ケンとの約束があったので、ナカは断って一人でヤスベイに行った。

○掲載誌「プリンス」はプリンス自動車のPR誌として一九五四年創刊。六六年に日産自動車との合併後も一九九〇年頃まで刊行された。一九六〇年代前後には毎号一人の作家が小説を掲載する欄が存在し、三浦哲郎、富島健夫、川上宗薫らの連載小説や、辻亮一、伊馬《いま》春部《はるべ》らの読切小説が発表された。
◯プリンス自動車は旧中島飛行機を前身の一つとするが、小沼丹は一九四〇年代に私立盈進《えいしん》学園教師として勤務した際、四六年より二年間、同飛行機東京工場の工員寮を改造した校舎に住み、また、同工場の渉外顧問を兼務した。この時期の著者の生活は、長篇小説『更紗の絵』（一九七二年）に詳しい。

トニヤ・テレサの罠

初出：話（東京社）一九五三年四月臨時増刊・風流読本
絵：久野修男

カラカサ異聞

初出：りべらる（太虚堂書房）一九五三年一月
絵：風間士郎
◯掲載時には「風流小説」との角書とともに、以下のリード文が付されている。

リード：一陣の風と共に空からお伊勢様の御神体が舞ひ降りてきたというとんだカラカサてんやわんや物語

◯井原西鶴の貞享二年（一六八五）刊の説話集『西鶴諸国ばなし』巻一に、「傘《からかさ》の御託宣」と題する一話がある（以下、『日本古典文学全集39 井原西鶴集二』小学館、一九七三年刊所収の宗政五十緒校注・訳『西鶴諸国ばなし』より引用）。

傘の御託宣：慈悲の世の中とて、諸人のために、よき事をして置くは、紀州掛作《かけづくり》の、観音のかし傘、二十本なり。昔よりある人寄進して、毎年張り替へて、この時まで掛け置くなり。いかなる人も、この辺にて雨雪の降りかかれば、断りなしに、さして帰り、日和《ひより》の時律儀にかへして、一本にても、たらぬといふ事なし。

慶安二年（一六四九）の春、藤代の里人、この傘をかりて、和歌吹上にさし掛かりしに、玉津島のかたより、神風どつと、この傘とつて、行衛《ゆくへ》もしらずなるを、惜しやとおもふ甲斐もなし。吹き

ドニヤ・テレサの罠《わな》

伊達男ドン・グレゴリオ

小沼丹

久野修男畫

(122)

(123)

「ドニヤ・テレサの罠」冒頭より

風流小説 カラカサ異聞

小沼丹

風間士郎畫

一陣の風と共に空からお伊勢様の御神體が舞ひ降りてきたというとんだカラカサてんやわんや物語

一

二

—152—

—153—

「カラカサ異聞」冒頭より

行く程に、肥後の国の奥山、穴里といふ所に落ちける。
　この里はむかしより、外《ほか》をしらず住みつづけし、無仏《むぶつ》の世界〔文化程度の低い土地〕は広し、傘といふ物を、見た事のなければ、驚き、法体《ほったい》法師姿の物知り〕・老人あつまり、「この年まで聞き伝へたる、様《ためし》もなし」と申せば、その中にこざかしき男出《いで》て、「この竹の数を読むに、正《まさ》しく四十本なり。紙も常のとは格別なり。かたじけなくも、これは名に聞きし、日の神、内宮の御神体、ここに飛ばせ給ふぞ」と申せば恐れをなし、俄に塩水をうち、荒菰《あらこも》の上になほし、里中山入りをして、宮木を引き、萱を刈り、ほどなう伊勢移して、あがめるにしたがひ、この傘に性根《しやうね》〔神霊〕入り、五月雨の時分、社壇しきりに鳴出て、止む事なし。

　御託宣を聞くに、「この夏中、竈《かまど》の前をじだらくにして、油虫をわかし、内陣まで汚らはし、向《きやう》後《ご》〔今後〕国中に、一疋も置くまじ。又ひとつの望みは、うつくしき娘を、おくら子〔巫女《みこ》〕にそなふべし。さもなくば、七日が中に車軸をさして、人種《ひとだね》のないやうに、降りころさん」との御事、おの／＼恐やと、談合して、指折の娘どもを集め、それかこれかとせんさくする。未だ白歯〔未婚〕の女泪を流し、いやがるをきけば、「我々が、命とてもあるべきか」と、傘の神姿の、いな〔妙に男根に似る〕所に気をつけて、なげきし

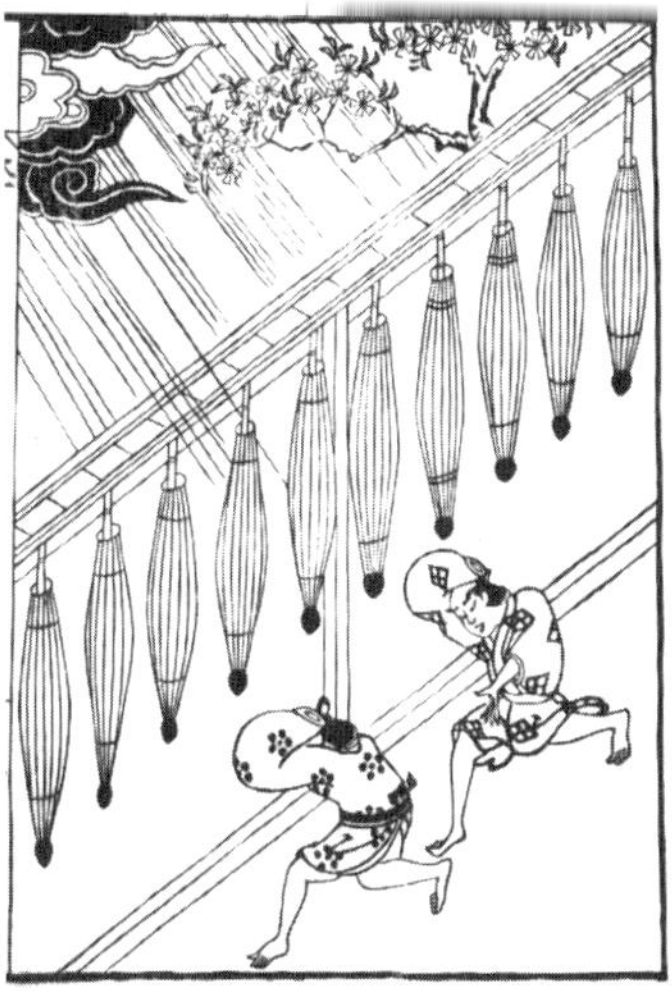
『西鶴諸国ばなし』所収「傘の御託宣」より

に、この里に色よき、後家のありしが、「神の御事なれば、若い人達の、身替りに立つべし」と、宮所に夜もすがら待つに、何の情もなしとて、腹《ふく》立《りふ》して、御殿にかけ入り、かの傘をにぎり、「おもへば身体〔見かけ〕倒し奴《め》」と、引きやぶりて捨てつる。

初太郎漂流譚

初出：全国学園新聞（旺文社）一九六八年十二月一日〜六九年三月二十二日（全十五回）
絵：東光寺啓

○第一回をのぞく毎回の冒頭に、「前号までのあらすじ」が掲載されている（以下、五回毎に抄記）。

第五回：いまからおよそ百三十年前の天保十二年八月、千三百石積みの廻船・永住丸が塩、砂糖、酒、米などを積みこんで兵庫から奥州南部に向けて船出した。乗り組み員は船頭善助ほか十八歳の初太郎など十二人。途中、暴風雨にあい、船は日本からはるか遠くに流されてしまった。翌天保十三年二月、永住丸はイスパニア（スペイン）の船に助けられ、船の雑事に使われる。四月中旬、船は大きな陸地に近づき、そこに初太郎ほか六人が置き去りにされてしまった。どうやら命の危険をまぬがれた七人は、浜辺の近くの二軒の家で二日間すごした。そこはメキシコ領カリフォルニア半島の西海岸のカボサンロカ〔Cabo San Lucas〕。三日目の朝、浜辺に一そうの船が着き、七人は太ったその家の主人につれられ、その船に乗せられた。カリフォルニア半島を南下して三日目の朝、ある浜辺で降ろされると、主人は七人に見張りをつけ、どこかへ行ってしまった。

第十回：いまから約百三十年前、兵庫の廻船永住丸が船頭善助、十八歳の初太郎など十三人を乗せて船出するが、途中暴風雨に遭い漂流する。約四か月も流された後、イスパニア船に助けられるが、一行のうち初太郎ほか六人はメキシコ領カボサンロカにおろされ、そこからサン・ホセという

初太郎漂流譚（最終回）

作　小沼　丹

絵　東光寺　啓

「初太郎漂流譚」最終回より

町に連れていかれる。そこでイスパニア船で別れた七太郎と万蔵に会う。九人は、それぞれ土地の住人に、初太郎はミゲル・チョウサという男に引き取られてゆく。そこで初太郎は家族同様のもてなしを受け、言葉もかなり覚える。ところが、ミゲル・チョウサは、自分の娘アントニヤと初太郎を結婚させたがっている様子。相談した善助は、日本へ帰れなくなるぞという。ミゲル・チョウサは初太郎に留守をたのみ、マサトランへ行ってしまう。ある日、初太郎はブラスと猟に出るが、ラパスの船頭ペドロに会う。彼は初太郎に〝日本へ帰る気はないか〟という。

最終回…いまから約百三十年前、兵庫の廻船永住丸が船頭善助、初太郎など十三人を乗せて船出するが、途中暴風雨に遭い漂流する。やがてイスパニア船に助けられ、初太郎ほか六人はメキシコのサン・ホセという町に連れていかれる。そこで七太郎と万蔵に会う。九人はそれぞれ土地の住人に、初太郎はミゲル・チョウサという男に引き取られるが、家族同様のもてなしを受け、娘アントニヤに愛される。ところが主人の留守にラパスの船頭ペドロの誘いで九人は日本へ帰れることになり、初太郎と善助がマサトランで船を待つ。チョウサもペドロの説得で帰国を承知する。が、残る七人をむかえにいく時間がない。とりあえず二人はアメリカ船に乗り込み、マサトランを出発した。途中、ホノルルを経由してマカオという港につく。二人は上陸したのだがはぐれてしまう。初太郎が善助をさがしているうちに船は出てしまった。そこにいた唐土の男にある家へ連れていかれる。おどろいたことには、その家には四、五人の日本人がいた。

○永住丸（「栄寿丸」の表記も有り）の天保十二年（一八四一）の漂流は史実で、初太郎、善助も実在の人物。この年は、著者の師・井伏鱒二が「ジョン万次郎漂流記」（一九三七）で作品化した中浜万次郎が足摺岬沖で操業中に遭難、アメリカへ辿り着いた年でもある。一八四三年に帰国した善助、初太郎の体験は、『東航紀聞』（善助からの聞き書き）、『亜墨新話《あめりか》』（初太郎からの聞き書き）などにまとめられ、日本人による最初のメキシコ見聞記として残されている。

（幻戯書房編集部）

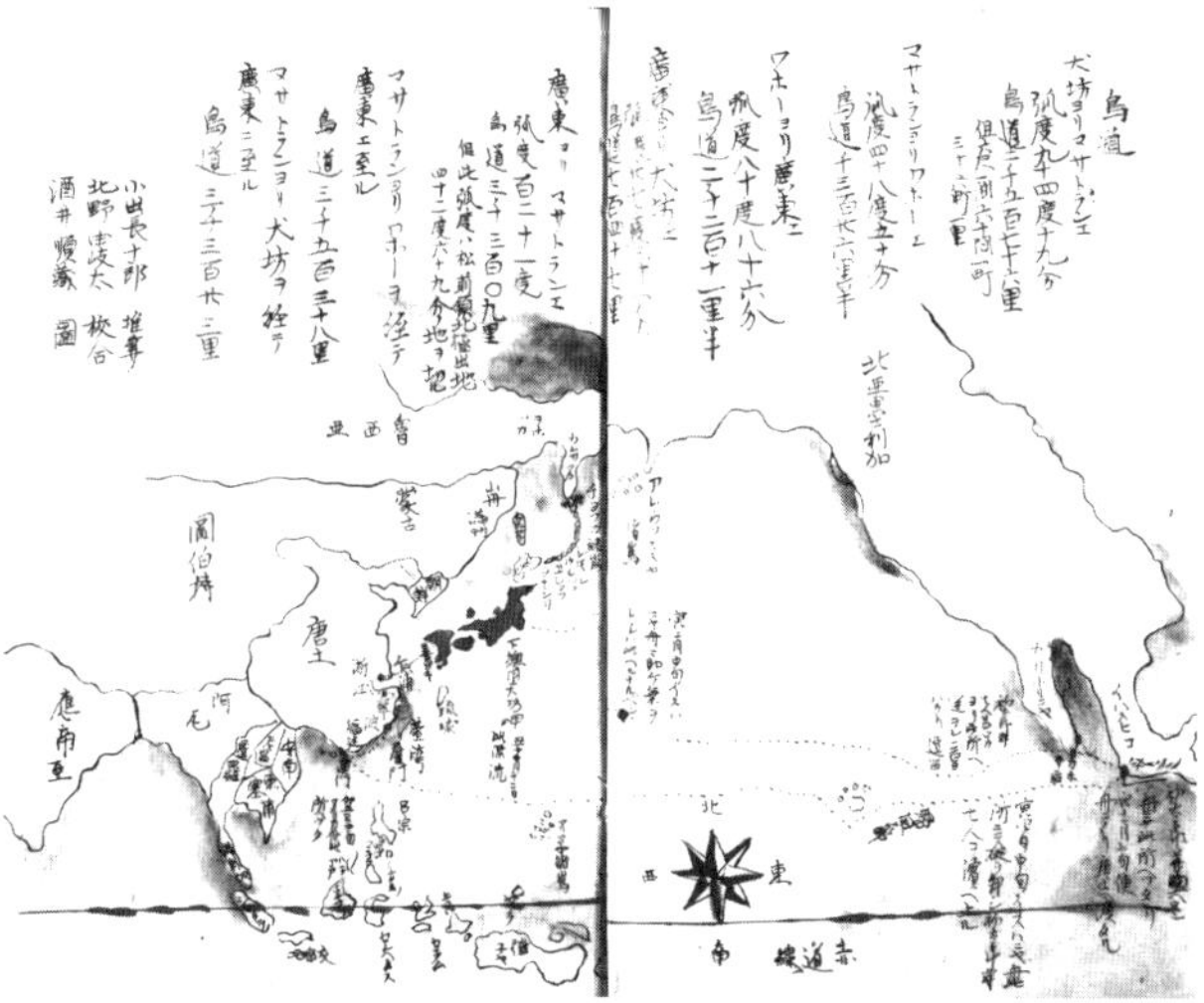

『漂流談』(『亜墨新話』の写本)より、漂流から帰国までの経路(上図)と、
マサトランの港の様子(下図)

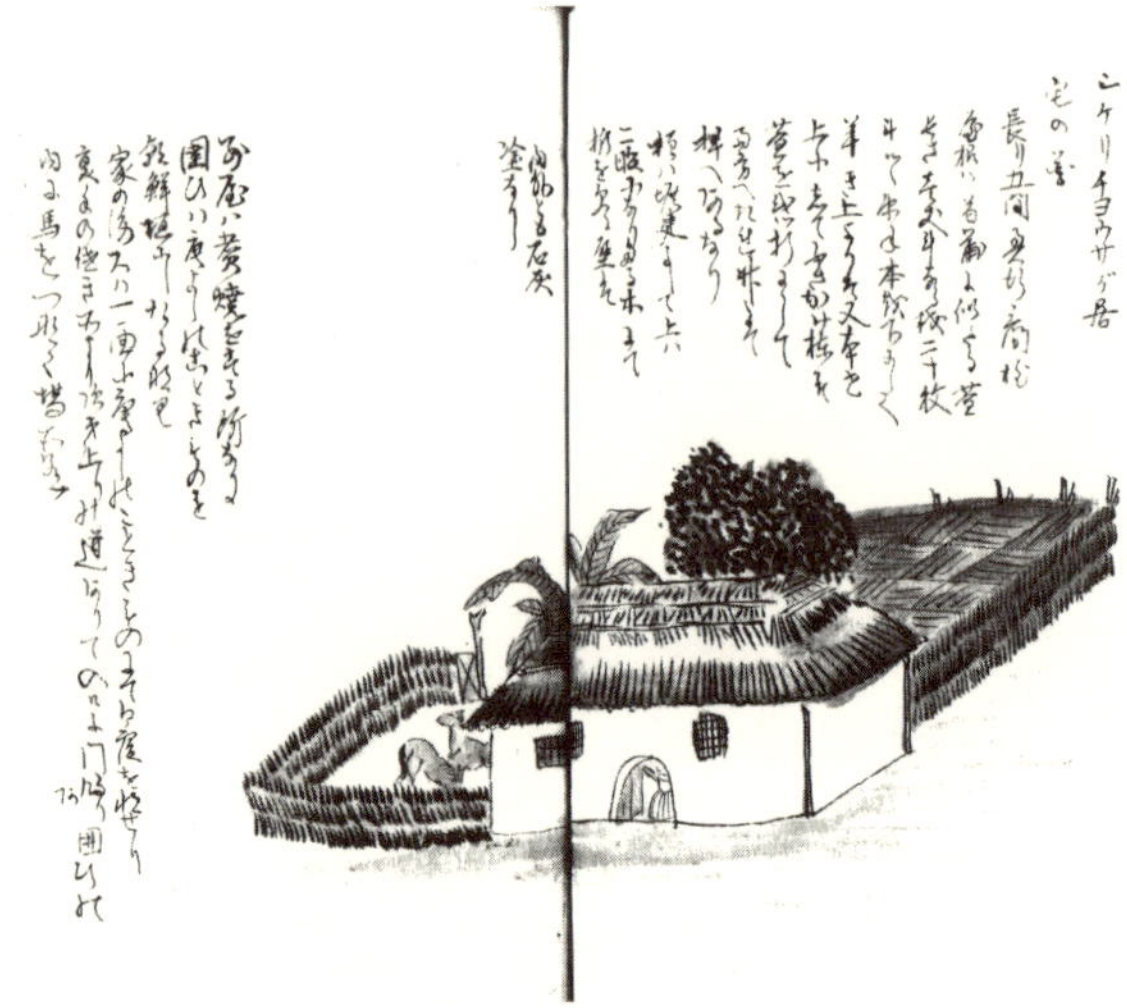

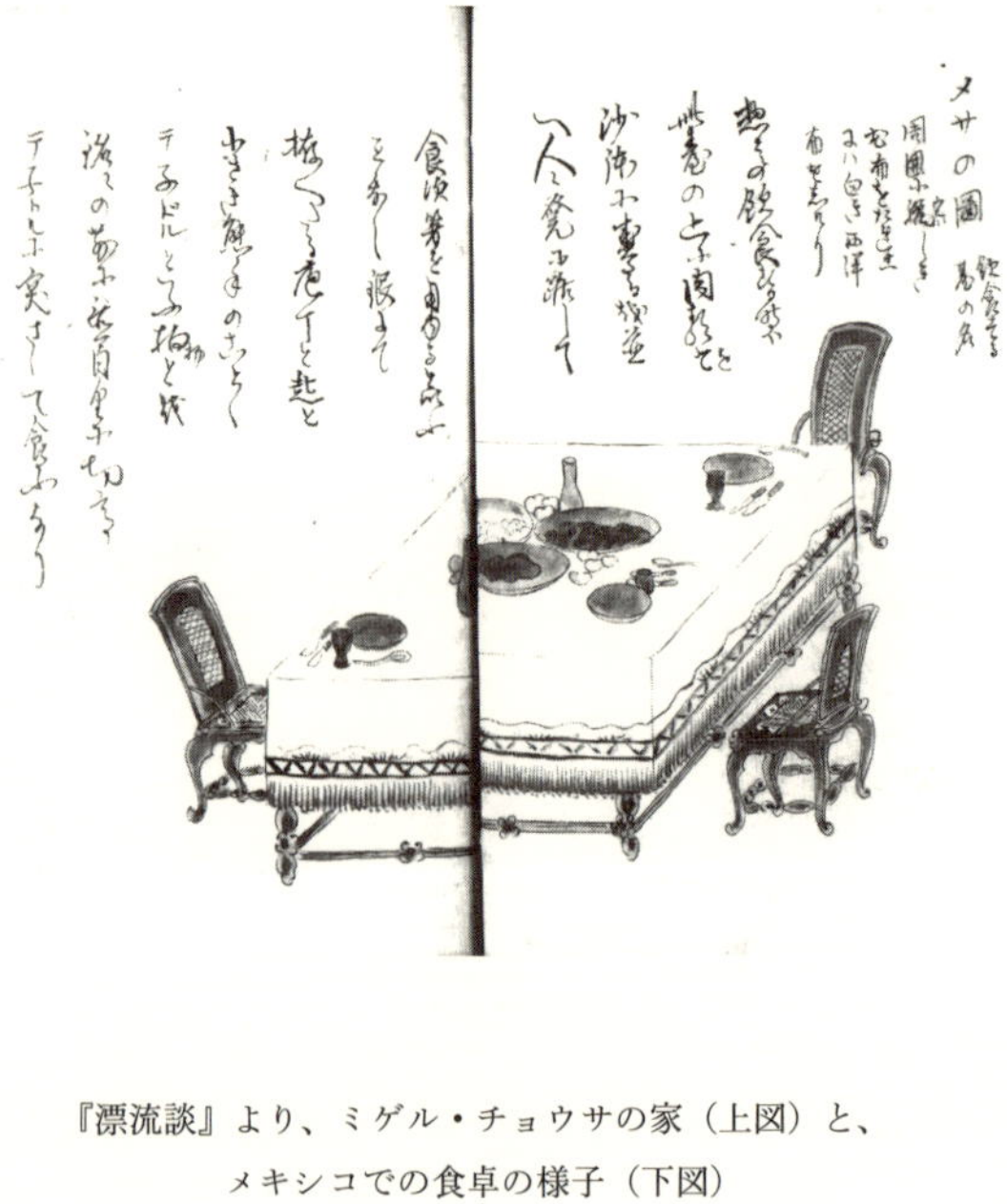

『漂流談』より、ミゲル・チョウサの家（上図）と、

メキシコでの食卓の様子（下図）

『東航紀聞』より、漂流中に異国船に出会い乗り移る際の様子（上図）と、
サン・ホセでの婚姻の宴の様子（下図）

解説　小沼丹前期の作風について

大島一彦

このたび幻戯書房から出版される小沼丹未刊作品集は、小沼丹を読んだことのない読者はともかく、或る程度その作風に馴染のある読者には、へえ、小沼丹はかう云ふ作品も書いてゐたのか、と思はれるやうな作品群から成つてゐる。小沼丹と云ふと、一般には、深い人生の哀感をさりげないユウモアを湛へた淡い文体で沁じみと描く、洗煉された私小説作家と見做されてゐるからである。勿論この評価に間違ひはなく、私もさう思つてゐるが、これはどちらかと云ふと小沼丹後期の作風に向けられたものである。前期の作風は大分趣の違つたもので、ユウモア精神はかなり意識的に発揮され、所謂私小説的な要素は殆どないと云つてよいのである。

小沼丹は一九五四（昭和二十九）年から翌年（三十五歳から三十六歳）にかけて、前期の代表作である「村のエトランジエ」や「白孔雀のゐるホテル」などによつて三期続けて芥川賞の候補になり、受賞には至らなかつたが、以後、市販の雑誌に次つぎと多様な作品を発表するやうになる。それまでは「早稲田文学」と同人誌「文学行動」が主な発表の場で、作風も純文学的な、かなり私小説的な要素も含むものであつた。この時期の作者はまだ無名であつたが、両誌に合せて二十作以上を発表してをり、私はこの時期を小沼丹の初期と呼ぶことにしたい。しかし芥川賞の候補になつたことで文壇に登場してからは、所謂純文学的な作品だけでなく、中間小説風のユウモア小説やユウモア・ミステリイ、少年少女向けの青春小説などにまで作風の幅を拡げて行つた。一九五六（昭和三十一）年には「二人の男」が下半期の直木賞候補作になつてゐる。

小沼丹は寡作な作家だともよく云はれるが、これも一九六三（昭和三十八）年四月、作者四十四歳のときに妻の急死に遭ひ、心境に大きな変化が生じてのちのことである。作者の自筆年譜（筑摩現代文学大系第六十巻所収）を見ると、「昭和三十九年五月、『黒と白の猫』を『世界』に発表。この頃よりフィクションに興味を失ふ」とある。「黒と白の猫」は妻の死を題材にした私小説的な作品である。のちに作者は講談社文芸文庫版『懐中時計』の巻末でこのことを敷衍して次のやうに云つてゐる。「小説は昔から書いてゐるが、昔は面白い話を作ることに興味があつた。それがどう云ふものか話を作ることに興味を失つて、変な云ひ方だが、作らないことに興味を持つやうになつた。自分を取巻く身近な何でもない生活に、眼を向けるやうになつた」。以後、小沼丹の作家生活は後期に入つたと云つてよく、その作風は、ユウモア精神は維持しながらも、私小説風のどちらかと云ふと渋い味はひのものになり、同時に円熟味が加はつて行くことになる。

小沼丹は芥川賞の候補になつた頃から多様な作品に手を染めるやうになつたと云つたが、その多様な趣の系譜を敢へて分類してみると、第一の系譜は純文学的な純度の高い作品、第二はこの作者の持味である軽妙なユウモア精神が遺憾なく発揮された作品、第三はそこにミステリイ的要素が加はつた作品、そして第四はこの作者のもう一つの持味である詩的な抒情味が青春の歌となつて表れた作品、と云ふことにならうか。作者は前期の作品を単行本にする際にどうやらこれら四つの趣の違ひを意識してゐたやうで、第一の系譜に属するのが『村のエトランジエ』と『白孔雀のゐるホテル』の二冊、第二が『不思議なソオダ水』、第三が『黒いハンカチ』、第四が『風光る丘』で、何れも作者が「面白い話」を作ることに興味を持つてゐた時期に書かれたものである。

『不思議なソオダ水』が上梓されたとき、作者は「あとがき」にかう書いてゐた。「これらの作品を書いた頃は、人物の名前を片仮名で表した。それはそのときなりの理由があつた訳だが、いまは片仮名で名前を書く気にはなれない」。『不思議なソオダ水』が本になつたのは、「黒と白の猫」を収める後期の代表作の一つ『懐中時計』が出版された翌一九七〇（昭和十五）年だが、収められた作品はすべて「黒と白の猫」よりも前に書かれたものである。『懐中時計』にも三篇だけ人物名が片仮名で書かれたものがあるが、これも「黒と白の猫」以前のもので、作者は小沢書店から作品集を出す際にこのミステリィ的要素もある三篇を『懐中時計』より独立させて前期の作品を収めた巻に移してゐる。前期の小沼丹は長篇『風光る丘』と時代物の作品以外は『村のエトランジエ』からほぼ一貫して人物名を片仮名で表記してゐるのである。作者は「そのときなりの理由があつた訳だが」としか云つてゐないが、人物名を片仮名で表記してゐた時期が「面白い話を作ることに興味があつた」時期と重なつてゐることを思ふと、この「理由」は明白である。つまり片仮名表記は話を面白くするための工夫の一つだつた訳で、従つて面白い話を作ることに心が向かなくなつたとき、人の名前を片仮名で書く気もなくなつたのである。

先年、書肆の未知谷から小沼丹全集が出ることになつたとき、筆者も編輯に携はつたが、問題になつたのはかなりの数の未刊作品をどうするかと云ふことであつた。未刊作品のほぼすべては、「早稲田文学」や「文学行動」に発表された初期の作品を別にすると、文壇登場以後「黒と白の猫」が書かれるまでの前期ほぼ十年間に発表されたもので、今試みに分類した系譜で云ふと第二、第三、第四に属するものであつた（因みに、後期の作品は最晩年の数作だけが本にするには数が足りないため生前未刊のまま残され、歿後に随筆と併せて『福寿草』に収められたが、それ以外はすべて単行本に収められてゐる）。小沼丹は自作に厳しい眼の持主であつたから、これらの作品は本にしなくてもよいと考へてゐた節もあり、現に初期のもの以外は切抜も残してゐなかつた。全集とは云へ紙幅の関係もあつて、結果的には三十三篇が未刊作品として収録されることになつたが、かなりの数の作品が未収録のまま残された。

このたび幻戯書房が小沼丹（一九一八－一九九六）生誕百年を記念して未刊作品集の出版を企画するに当つて、まづその少年少女向けの青春小説群を採上げたのは英断であつた。これは先ほどの系譜分類で云へば第四に属するもので（作品によつては第三のミステリイ的要素も加味されてゐるが）、この系譜のものは全集にもまつたく収められなかつたからである。全体に清涼感のある、ときに甘い感傷すら漾ふ、いかにも少年少女向けの軽い読物だが、特に「青の季節」は後味の爽やかなよく出来た一篇で、物語の巧みな運び、整つた作品構成、邪気のない愛すべき少年少女達の姿、淡い抒情味とユウモア、作品舞台の牧歌的な雰囲気など、小沼丹の持味と手腕が軽妙に発揮されてをり、ときに「村のエトランジエ」を聯想させるところなどもあつて、楽しい作品である。

さて、本巻『不思議なシマ氏』には五篇の作品が収められてゐる。何れもユウモアを基調とする娯楽小説と云つてよいもので、系譜としては第二と第三に属するものである。最初の剽盗と横笛」は小沼丹としてはやや異色の作品。初出誌には「旦研一」なる筆名で発表されてをり、犯罪者と弁護士の心理的な駆引の綾を織つたもの。全集の補巻に収められた未刊作品の中にやや似たやうな趣のものが見られる。表題作の「不思議なシマ氏」は中篇の長さを持つ小沼流ユウモア・ミステリイの一篇、ひとたび読み始めれば最後まで引張つて行かれること必定の「面白い話」。「ドニヤ・テレサの罠」と「カラカサ異聞」は、片やスペインのセヴィラを、片や我が肥後の国の山里を舞台にした、歴史コントと云ふのか小話と云ふのか、とにかく可笑し味を狙つた風流滑稽譚とも云ふべき作品。この種のものとしては「バルセロナの書盗」と「登仙譚」があり、どちらも単行本『村のエトランジエ』に収められ、もう一篇「ねんぶつ異聞」が全集第三巻の未刊作品に入つてゐる。最後の「初太郎漂流譚」は「黒と白の猫」や「懐中時計」のあとに例外的に書かれた比較的長めの「面白い話」で、その種の話に対する興味の名残を示すものと云つてよいかも知れない。作者は初期にも「ガブリエル・デンベイ」と「ペテルブルグの漂民」と云ふ一種の漂民物を書いてをり、どうやらこの種のものにも関心があつたやうである。師の井伏鱒二に『ジョン万次郎漂流記』と『漂民宇三郎』の二作があり、これらに刺戟された可能性もある。

何れにせよ、本巻に収められた五作品はどれも楽しく読める娯楽作品であり、読者は先に出版された『春風コンビお手柄帳』と『お下げ髪の詩人』を併せ読まれるなら、前期の小沼丹がいかに多様な「面白い話」を作らうとしてゐたかがよく判り、後期の小沼丹だけからでは窺ひ知れない側面を見出すことであらう。

装幀　緒方修一

小沼丹（おぬま・たん）一九一八年、東京生まれ。一九四二年、早稲田大学を繰り上げ卒業。井伏鱒二に師事。高校教員を経て、一九五八年より早稲田大学英文科教授。一九七〇年、『懐中時計』で読売文学賞、一九七五年、『椋鳥日記』で平林たい子文学賞を受賞。一九八九年、日本芸術院会員。他の著作として短篇集に『白孔雀のいるホテル』、『風光る丘』、『不思議なソオダ水』などが、また著作集に『小沼丹作品集』（全五巻）、『小沼丹全集』（全四巻＋補巻）、『小沼丹未刊行少年少女小説集』（全二冊）がある。一九九六年、肺炎により死去。海外文学の素養と私小説の伝統を兼ね備えた、洒脱でユーモラスな筆致が没後も読者を獲得し続けている。

銀河叢書

不思議なシマ氏

二〇一八年八月十五日　第一刷発行

著　者　小沼　丹

発行者　田尻　勉

発行所　幻戯書房
郵便番号一〇一―〇〇五二
東京都千代田区神田小川町三―十二
岩崎ビル二階
TEL　〇三（五二八三）三九三四
FAX　〇三（五二八三）三九三五
URL　http://www.genki-shobou.co.jp/

印刷・製本　精興社

ISBN978-4-86488-152-4　C0393

✿「銀河叢書」刊行にあたって

敗戦から七十年が過ぎ、その時を身に沁みて知る人びとは減じ、日々生み出される膨大な言葉も、すぐに消費されています。人も言葉も、忘れ去られるスピードが加速するなか、歴史に対して素直に向き合う姿勢が、疎かにされています。そこにあるのは、より近く、より速くという他者への不寛容で、遠くから確かめるゆとりも、想像するやさしさも削がれています。

長いものに巻かれていれば、思考を停止させていても、居心地はいいことでしょう。

しかし、その儚さを見抜き、伝えようとする者は、居場所を追われることになりかねません。

自由とは、他者との関係において現実のものとなります。

いろいろな個人の、さまざまな生のあり方を、社会へひろげてゆきたい。読者が素直になれる、そんな言葉を、ささやかながら後世へ継いでゆきたい。

星が光年を超えて地上を照らすように、時を経たいまだからこそ輝く言葉たち。そんな叡智の数々と未来の読者が出会い、見たこともない「星座」を描く――

銀河叢書は、これまで埋もれていた、文学的想像力を刺激する作品を精選、紹介してゆきます。

初書籍化となる作品、また新しい切り口による編集や、過去と現在をつなぐ媒介としての復刊を手がけ、愛蔵したくなる造本で刊行してゆきます。

既刊（各税別）

小島信夫	『風の吹き抜ける部屋』	四三〇〇円
田中小実昌	『くりかえすけど』	三二〇〇円
舟橋聖一	『文藝的な自伝的な』	三八〇〇円
舟橋聖一	『谷崎潤一郎と好色論　日本文学の伝統』	三三〇〇円
島尾ミホ	『海嘯』	二八〇〇円
石川達三	『徴用日記その他』	三〇〇〇円
野坂昭如	『マスコミ漂流記』	二八〇〇円
串田孫一	『記憶の道草』	三九〇〇円
木山捷平	『行列の尻っ尾』	三八〇〇円
木山捷平	『暢気な電報』	三四〇〇円
常盤新平	『酒場の風景』	二四〇〇円
田中小実昌	『題名はいらない』	三九〇〇円
三浦哲郎	『燈火』	二八〇〇円
赤瀬川原平	『レンズの下の聖徳太子』	三二〇〇円
色川武大	『戦争育ちの放埓病』	四二〇〇円
小沼　丹	『不思議なシマ氏』	四〇〇〇円

……以下続刊

幻戯書房の既刊（各税別）

小沼丹未刊行少年少女小説集・推理篇

春風コンビお手柄帳

小沼　丹

「あら、シンスケ君も案外頭が働くのね。でも80点かな?」。中学生二人組が活躍する表題連作ほか、日常の謎あり、スリラーあり、ハードボイルドあり、と多彩な推理が冴え渡る。名作『黒いハンカチ』以来60年ぶりとなるミステリ作品集。（巻末エッセイ・北村薫）

四六判上製／二八〇〇円

小沼丹未刊行少年少女小説集・青春篇

お下げ髪の詩人

小沼　丹

「ああ、詩人のキャロリンが歩いている。あそこに僕の青春のかけらがある」。東京から山間へとやって来た少年の成長を明るく描く中篇「青の季節」ほか、物語作者としての腕が存分に発揮された恋愛短篇を集成。切ない歓びに満ちた作品集。（解説・佐々木敦）

四六判上製／二八〇〇円